LOCUS

LOCUS

LOCUS

LOCUS

to

fiction

to 43
索涅奇卡
Sonechka
作者：柳德蜜拉·烏利茨卡婭（Ludmila Uliskaya）
譯者：熊宗慧
責任編輯：李芸玫
法律顧問：全理法律事務所董安丹律師
出版者：大塊文化出版股份有限公司
台北市105南京東路四段25號11樓
www.locuspublishing.com
讀者服務專線：**0800-006689**
TEL：(02) 87123898　FAX：(02) 87123897
郵撥帳號：18955675　戶名：大塊文化出版股份有限公司

總經銷：大和書報圖書股份有限公司
地址：台北縣五股工業區五工五路2號
TEL：(02) 89902588　FAX：(02) 22901628
排版：天翼電腦排版印刷有限公司　製版：源耕印刷事業有限公司
初版一刷：2007年2月

定價：新台幣220元
Printed in Taiwan

Sonechka

索涅奇卡

Ludmila Ulitskaya 著

熊宗慧 譯

5

自童年開始，差不多從脫離嬰兒時期起，索涅奇卡便沉浸在閱讀之中。愛說俏皮話的哥哥伊夫列姆總是重複同樣一個老掉牙的笑話：

「索涅奇卡早晚會因為沒完沒了的閱讀，把屁股坐成椅子，鼻子變成梨子。」

令人難過的是，哥哥的玩笑話並沒有過於誇張：索涅奇卡的鼻子的確是那種輪廓不甚鮮明的西洋梨的形狀，至於身材，索涅奇卡個子高瘦、肩膀寬闊、雙腿細長、屁股扁平，全身上下堪稱有曲線之處的，只有一對發育過早、和她瘦削身材不相稱的村婦大胸脯。索涅奇卡總是聳著肩、駝著背，穿著寬大的長衫，好遮掩住自己偉大的前胸和扁平下垂的屁股。

早就嫁人的姊姊對這位妹妹十分同情，她曾經出於善意說索涅奇卡有一對漂亮的眼睛。事實上，索涅奇卡有的只是一對最平凡不過的深褐色小眼睛。的確，非常罕見的，索涅奇卡濃密的眼睫毛竟長了有三排，甚至還延伸到微腫的眼皮邊緣，然而即使如此，這項優點卻也沒有為她的眼睛增添多少美麗，反而是一種妨礙，因為近視的她早早就戴上了眼鏡……

整整二十年，從七歲到二十七歲之間，索涅奇卡不間斷地閱讀著。她一讀起書來就像陷入昏迷狀態，直到讀完書的最末頁才會清醒過來。

索涅奇卡確實擁有卓越的閱讀才能，或許也可以說這是一種天分，她對於印刷字體懷有巨大的認同感，甚至到了將虛構的小說人物和真實世界裡自己身邊的親友們都混為一談的地步，例如娜塔莎‧羅斯托娃❶守候在瀕死的安德烈公爵床前時的那種痛苦，在索涅奇卡的認知裡，簡直無異於姊姊因一次愚蠢的粗心而失去四歲女兒的那種錐心之痛。那次姊姊因為和鄰居聊天聊過了頭，竟沒注意到她那個小眼睛、胖

❶譯註：托爾斯泰小說《戰爭與和平》的女主角。

到轉身都困難的女兒跌進了水井裡去……

這究竟是在任何藝術領域中都無法理解的一種樂趣？抑或是還沒長大的小孩子才有的那種不可思議的沉迷？是缺乏打破虛構和真實界線的想像力？或者相反，是通向幻想世界的出口，讓所有一切都失去意義和內涵？

索涅奇卡的閱讀已經成為一種可以隨意入侵的干擾模式，即使睡著的時候她也繼續閱讀著：對於自己的夢，索涅奇卡也彷若讀書一般在閱讀著。她的夢是一部部引人入勝的歷史小說，光按情節她就能破解書中的密碼，並以奇特的方式感受文字段落和句子。形成這種心理上的混淆，與索涅奇卡病態的閱讀熱情有關，這種熱情甚至在夢中還變本加厲——在那裡她就是理所當然的女主角和男主角，循著早已熟知的作者意旨和自己希望的情節來發展，朦朦朧朧地演出……

索湼奇卡的父親是白俄羅斯小鎮鐵匠的後代，一位天生的鐘錶機械師傅，也是相當務實的人，當新經濟政策已變不出新把戲時，他馬上縮減了自家工作室的規模，跟著便進入鐘錶工廠工作。

索湼奇卡那位直到死前還在手工編織帽底下戴著可笑假髮的母親，一直都在替鄰居太太們縫製一些樣式簡單的印花布衣服，她把對自己所處的貧困年代的恐懼歸結於一個專有名詞——財稅稽查員。

至於索湼奇卡本人，從學會唸書起，她便將自己的心寄託於俄國文學裡，一會兒陷入杜斯妥也夫斯基筆下的人物那種無止盡的懷疑和憂慮之中；一會兒又行走在屠格涅夫小說裡濃密的林蔭道路間；忽而又置身於不知道為什麼竟被稱為二流作家的列斯科夫書中的外省莊園裡，去感受那地方沒有原則、卻又寬容的愛情。

從圖書館專科學校畢業後，索涅奇卡便在老圖書館的地下室藏書庫工作。她是那種少有的自得其樂的人，能夠在一整天忙碌地整理永遠整理不完的目錄卡、接受樓上閱覽室不斷傳來的借書單，以及用她瘦削雙手捧著大部頭巨冊來回走動的工作結束後，還懷著工作樂趣被迫中斷的絲微惆悵，離開那間滿是灰塵又窒悶的地下室。

好多年以來，索涅奇卡將寫作本身視為最為神聖的行為：即便如帕夫洛夫、帕夫夏尼耶和帕拉穆等這些二流作家，她在某一層意義裡都將之視為同樣等級的好作家，而依據的理由——因為這些作家都列在百科全書裡的同一頁。不過隨著歲月飛逝，她學會了如何從浩瀚書海裡分辨波濤巨著和微浪凡書，從微浪凡書到拍岸碎沫，而這一類的碎沫小書恰恰佔滿了現代文學區的書櫃上。

在圖書館藏書庫與世隔絕地清修工作了幾年後，索湼奇卡聽從了一位和她同樣是中了魔的愛書者上司的勸說，決定進大學唸俄國語言系。當決心一旦下定，她立即著手準備龐雜又荒謬的應考科目，只待一切就緒，正要參加應考之際，計劃卻在一瞬間遭到打亂：衛國戰爭❷恰於此時開打。

❷譯註：二次世界大戰。

這一場戰爭，或許可以稱作是索涅奇卡年輕歲月裡的首要大事，重要到能夠將她推離出一直以來沒有間斷過的閱讀迷霧中。為了避開戰亂，索涅奇卡和父親一起遷移到斯維爾德洛夫斯克❸，在那裡，她非常迅速地再度來到最可靠的地方——圖書館的地下室裡……

不曉得這是否和俄羅斯古老的傳統有關：心靈最珍貴的果實，就像土地的果實，一定要收藏在寒冷的地底下；又或者這是一次注射預防疫苗，對索涅奇卡接下來的十年歲月而

❸譯註：即葉卡捷琳堡市，是俄羅斯歐亞兩大部分的聯結點，烏拉區重鎮，末代沙皇尼古拉二世就是在這裡被紅軍槍決。一九二四年到一九九一年間叫做斯維爾德洛夫斯克。

言，她注定要和一個來自地下室的男人共度，這位索湦奇卡未來的丈夫，就是出現在這麼一個沉重漆黑的戰時撤退的頭一年裡……

羅伯特·維克特羅維奇來到圖書館的那一天，索湦奇卡正巧代替生病的借書部門小姐值班。羅伯特的個子矮小，非常的瘦，一頭灰白髮，本來是不可能引起索湦奇卡的注意，要不是他向她詢問有關法文書籍的目錄區在哪裡的話。法文書籍是有，只是它們的目錄早因為沒有需要而遺失。於是在這個即將關門、圖書館裡一個人也沒有的傍晚時分，索湦奇卡將這位不尋常的客人帶到了自己的地下室，來到擺放西歐圖書類的偏僻角落。

羅伯特站在書架前久久不能自己，低著頭把臉偏向一邊，那張臉上流露出一種既飢渴又驚訝的神情，好像一個小孩子看到一整盤餡餅擺在面前似的。索涅奇卡站在他的身後，足足高了他有半個頭之多，她同樣也為自己所造成的震撼而屏息不動。

羅伯特回過身子面對索涅奇卡，突然間他抓起她一隻瘦巴巴的手便親吻下去，並用一種低沉的、彷彿來自褪色童年的藍色燈光般那種變化多端的聲音說道：

「這真是不可思議……這真是盛宴……蒙田……帕斯卡利……」，他抓著索涅奇卡的手不放，邊說還邊讚嘆地補充道：「而且還是伊莉莎白時期的版本呢……」

「圖書館有九套伊莉莎白時期的版本。」對圖書館藏書熟記在心的索涅奇卡，經過剛才一番驚嚇後，還是帶著驕傲點頭回應。羅伯特以非常奇特的眼神把索湼奇卡從腳到頭——看起來卻像是從頭到腳地打量一遍，跟著他嘴巴上的兩片薄唇便笑了開來，露出他缺了顆牙齒的嘴，然後他放慢說話速度，像是要說什麼重要大事一般，可是最後卻改變了主意，說出另外一件事來：

「請幫我辦理一張借閱證，或是您這裡對借閱證還有其他的稱呼？」

索湼奇卡把自己那隻忘在羅伯特手心裡的手抽回，然後他們一起沿著冰冷的梯子爬上地面。跟著在這裡，在這棟原本是古老的商家建築裡，索湼奇卡生平第一次用自己的手寫下了羅伯特的姓氏，這個對索湼奇卡而言原本全然陌生，卻在兩個星期後成為她自己的姓氏。當索湼奇卡用黑色鉛筆寫著這一個陌生的名字時，羅伯特看著她光滑的額頭，心裡面偷偷將索涅奇卡和溫馴又堅忍的小駱駝作了比較，兩者之間竟如此相似，這讓他不禁笑了出來，並想著：「就連色調也一樣：都是暗沉的黑色調、憂傷的赭色調，還有淺粉的暖色調……」

索涅奇卡寫完後，用食指推了推眼鏡，用一種看似關心卻又不感興趣的目光注視著羅伯特，並靜靜等待——他還沒說出自己的住址。

可是羅伯特卻陷入全然混亂的狀態中，一種生命終將獲得實現的強烈感受無預警地向他迎面襲來，就像晴空萬里的天氣裡忽然落下傾盆暴雨——他在那一瞬間明瞭到，站在他面前的這一個女人，就是他未來的妻子。

到了明天他就要滿四十七歲了。這是一位傳奇人物，而傳奇的原因，按他朋友的看法，肇因於他在三十年代沒有任何理由，忽然就從法國返回祖國的事蹟。可是，這一傳奇與羅伯特本人卻得切割開來看，傳奇是自己過完它而為人轉述、傳頌的一生，它跟納粹佔領巴黎期間那些乏人問津的畫廊和羅伯特那些奇怪的畫作息息相關——那些畫作從遭人惡意誹謗、非難到完全被人遺忘，一直熬到後來的敗部復活和死前的推崇讚譽。可是，所有這些傳奇的種種，羅伯特本人卻是全無所悉。穿著一件被火燒出洞來的黑色背心，在喉結很大的脖子上圍著一條灰色毛巾，在一群倒楣鬼中覺得自己還很幸運，熬過了五年可悲的歲月，現在在一家工廠管理部門擔任約聘藝術家的他，站在這位身材不很勻稱的女孩子面前，嘴角帶著微笑，心裡明白，他又要再一次走上背叛的道路，他的人生因為多少次的背叛而變得波折起伏：他背叛了祖先的信仰、背叛了父母的意旨和師長的厚愛、背叛了科學，即便是友誼，只要他一感到他的自由受到妨礙，他也是冷酷地立即切斷……這一次他背叛的是堅定的不婚誓言，從他虛幻的事業成功初期起他就秉持這項誓言，只是此一誓言並沒有包含，至今仍是，要對對方忠貞的條件。

他是一個喜歡女人、也需要女人的男人，他從這一個永不枯竭的泉源裡獲取大量的養分，不過他總是警覺地不讓自己受到妒忌的綁束。女人的妒忌是荒謬的，妒忌對剝削者總是寬大以對，可是對施惠者卻是毀滅性的殘忍。羅伯特害怕自己會成為女人這一項天性的殂上肉。

而索湼奇卡的心卻是平靜無波，它像蠶繭一樣，被裹縛在數千本閱讀完畢的書海裡，只在希臘神話的漫漫煙塵和滔滔海浪之中起伏、在中世紀文學尖銳又催眠的笛音裡迷惘、在易卜生起霧多風的憂愁中徘徊、在巴爾扎克無聊乏味的細節描寫裡感動、在里爾克和諾瓦利斯如海妖之歌的尖銳動詞裡擺盪、在偉大的俄羅斯作家的道德訓誡和通向絕望之中受到誘惑——所以，索湼奇卡平靜無波的心不知道她正面臨生命中最重要的時刻，她所有的心思只放在一件事上面，她會不會做得太冒險了一點，把只能在閱覽室裡閱讀的書外借給一位陌生讀者……

「住址。」索湼奇卡簡短地說。

「您得了解，我是暫調到這裡來工作的。我住在工廠管理部門。」這位奇怪的讀者解釋。

「那麼請出示護照，還有登記證。」索湼奇卡要求。

他在一個深口袋裡翻了一翻，掏出一張被壓得皺皺的工作證明。她隔著眼鏡看了好久，然後搖了搖頭。

「不，我無法借您。您是外省地方的……」

大地女神庫柏勒向他探出紅色的舌頭。一切都完了。他於是把證明塞回口袋裡。

「這樣吧，我用自己的卡幫您借，您看完書拿回來還的時候，在圖書館大門前先交給我就好。」索湼奇卡用懷著歉疚的聲音說。

於是他明瞭，事情還有希望。

「我只請求您一件事，請非常小心地對待書籍。」她溫柔地要求，然後把那三本小開本的書包在一張發毛的報紙裡。

他語氣平板地向她道了聲謝便轉身離去。

正當羅伯特帶著厭惡之情思索著該如何才能和她進一步攀談，以及接下來展開追求的種種難處時，索涅奇卡卻是不疾不徐地結束自己一個漫長的工作日，準備下班回家。她已經不再掛心那三本冒險借給陌生人的珍貴書籍的歸還問題，這會兒她的心思全都放在要穿過寒冷又陰暗裡城市的那條回家的路上。

* * *

那所謂女性才擁有的眼睛，彷彿神秘的第三隻眼睛，通常在女孩子還很小的時候就已經睜開，可不像索湼奇卡卻是完全緊閉——其實應該說是瞇起來才對。

還是青澀的少女時期，大約十四歲左右吧，按照古老的生育計畫，數千年來有多少小女孩是在這一個柔弱的年齡就嫁人的，索湼奇卡在這一個年齡裡愛上了她的同班同學，長相可愛、鼻子短翹的維契卡．斯塔羅斯欽。她的愛戀表現在遏抑不住、拚命想要看他的念頭上，而她不斷跟著他移動的目光不僅被這位樣貌可愛的小男生給察覺，就連全班的人也都知道，在索湼奇卡自己尚未意識到之前，大家已經把這件事當作是課餘的表演節目。

她努力想要抑制自己的行為，想藉由其他東西，像是黑板、筆記本或是沾滿灰塵的窗子來轉移注意力，可是她的目光就像是羅盤上的指針，堅定不移地就是要對上那一顆淺褐髮色的頭，想要找到那一個有著一雙淡藍色眼睛、表情冷漠又迷人的男孩子……為此而受到牽累的女友卓雅，附在索涅奇卡的耳朵上小聲對她說，希望她不要再把眼睛睜大得跟花癡一樣瞪著人看。可是索涅奇卡對此卻是無能為力。她的眼睛就是飢渴地需要那顆淺褐髮的頭所給予的視覺盛宴。

索涅奇卡的初戀最後以可怕和深刻得叫人終生難忘的方式結束。就像拒絕塔吉雅娜的冷酷奧涅金❹，維契卡受不了索

---

❹譯註：普希金的詩體小說《葉夫根尼・奧涅金》的男主角。

涅奇卡款款愛慕的眼神所帶來的沉重壓力，於是把這位沉默的崇拜者叫到小公園旁的林蔭道上見面，然後他啪啪地就給了索涅奇卡兩下雖然不會痛，但絕對非常羞辱的巴掌，這兩下巴掌還伴隨著四個躲在灌木叢裡同學的哈哈大笑聲，這樣的行為應該是要加以責備的，要不是這幾個小間諜在後來爆發的戰爭的第一個冬天裡全部死去的話。

維契卡這個十三歲的小騎士的確給索涅奇卡上了一堂震撼教育課，我們的小女孩為此而生了病。整整兩個星期她都發著高燒，顯然愛之火要用如此堪稱經典的方式來將她拋棄。當她痊癒後回到學校，心裡預先存著還會再次受到羞辱的不安，結果她的悲劇事件卻早已為學校的美女妮娜・鮑里索瓦雅在晚自習結束後在教室裡上吊自殺的新聞給完全蓋掉。

至於我們那位冷血的男主角維契卡，索湼奇卡很幸運，他在這段時間裡和雙親搬移到另一個城市去了。索湼奇卡的心裡從此保留著這段完整、同時也挖掘殆盡、只屬於女人才感受得到的痛苦，而這痛苦讓她就此擺脫掉任何有關於喜愛、吸引和誘惑的嘗試。她不再在自己的同齡人身上嚐到毀滅性的妒忌，也沒有再感受過勞心又費神的憤恨和不滿，她回歸到自己從小就熱衷，而且醉人的喜好——閱讀的懷抱中。

……羅伯特兩天後回到圖書館，只是索湼奇卡已經沒在借書部門。他喚了她一聲。她從通往地下室那幽暗的小洞裡探頭探了三次以後，才走出地下室，她靠他靠得很近，又認了好久才終於把他認出來，然後她像對待老朋友一樣向他點點頭。

「請坐。」他挪動了一下椅子。

小小的閱覽室裡坐著好幾位穿得很暖和的讀者。房間裡很冷，只有微微的暖氣送進來。

索涅奇卡坐到椅子邊上。一頂護耳亂垂的棉布帽就擱在桌子角，帽子旁邊擺著一件東西。這件東西的男主人正非常小心地、不疾不徐地將這件東西打開。

「方才我忘了跟您請教。」他用流露著喜悅的聲音說出了這麼一句話，而索涅奇卡因為他使用了「方才」這一個好字而微笑起來，這個字早就從日常用語變成俚語。「我忘了請教您的芳名。您是否見諒？」

「我叫索妮雅。」她簡短地回答，眼睛依舊盯著他解開東西的動作看。

「暱稱是索涅奇卡吧……很好。」他彷彿同意了這名字似的。

終於，封套解開了，於是索涅奇卡看到了一張女性的肖像畫，以溫柔的棕色系，即墨魚褐的色調繪在一張粗纖維的軟紙上。肖像非常的棒，畫中女性的臉孔顯得高尚、纖細，又古遠。這張臉當然就是索涅奇卡的臉。她倒吸了一口氣，卻只能吸進一點——空氣聞起來像是冰冷的大海。

「這是我送給您的結婚禮物。」他說。「我是特地來此向您求婚的。」他看著她，等待她的回答。

而索涅奇卡直到這會兒才生平第一次仔細將他打量：一

字眉、鼻樑中間有一點拱起、嘴巴乾燥、唇形平緩，有幾道縱行的溝紋沿著臉頰滑下，還有一雙深色的眼睛，透露著睿智和憂鬱……

她的嘴唇顫抖了起來。低下眼睛，她沒有說一句話。她非常想要把他那張意味深長又富魅力的臉龐再看一次，但是維契卡的眼睛卻在這時從她的背後閃過，就在這一瞬間，在她眼睛盯著看的那張肖像畫面上，那原本輕盈彎曲的臉龐線條，忽然之間失去了女性的特徵，於是她用幾乎聽不見、可是非常冰冷、甚至有點迴避的聲音說：

「這是什麼，您在開我玩笑嗎？」

他被她嚇到了。從很久以前起他就不再預先計畫些什麼了：命運把他牽引到這麼一個陰暗的地方，就在地獄的門前，他野獸般的生命意志幾乎消耗殆盡，生命的黃昏期在他看來已經沒有吸引力，可是就在這時他看到了一個真正從內在閃耀出光芒的女人，他預感到她是他的妻子，會把他精疲力竭、行將就木的生命握在瘦弱的手裡，並支撐起來；他同時還看到，她將會成為他沒有承受過家庭重累的雙肩、他怯懦的勇氣、他避之唯恐不及的人父天職，以及成家男人責任心的甜蜜負擔……可是他想得太天真了……他怎麼會沒事先想到……她很可能早已屬於別人，可能是某位年輕的中尉，或是穿著打補釘的套頭毛線衣的工程師之妻呢？

大地女神庫柏勒又再一次用尖尖的紅舌頭戲弄他，而她身後那群可怕的、完全沒有必要的快樂女侍從隊，裡頭竟然全是曾和他交往過的熟面孔，這一張一張的臉孔映照在血紅色的光芒裏，不斷向他露出耀武揚威的笑容。

他的聲音變得嘶啞，勉強才擠出一絲微笑，他把畫紙遞給她，然後說：

「我沒有在開玩笑。我只是沒想到，妳可能已經嫁人了。」

他站起身，把那頂可笑的帽子抓在手上。

「請原諒我的魯莽。」

跟著他以老派軍官的方式，霍地低下剪得短短的頭，向她鞠了一個躬，然後往出口走去。而索涅奇卡直到此時才趕緊在他背後大叫：

「站住！不！不！我還沒嫁人呀！」

一位坐在閱覽室裡，手拿著報紙合訂本在看的老先生用不讚許的眼神看了她一眼。羅伯特把身子轉回去，用平緩的、沒有弧度的嘴唇擠出一個微笑，他尚未從以為就要錯過一位好女人的驚慌中走出來，卻馬上又面臨更深一層的恐懼：他完全不知道該說什麼，或是應該怎麼做。

＊＊＊

在疏散區貧乏如沙漠的生活裡，在卑微和抑鬱當中，在盛氣凌人，卻也遮不住第一年戰時冬季恐懼的宣傳標語裡，衰弱的羅伯特加上從本質說來也是脆弱的索湼奇卡究竟是從何而來的力量，讓他們能夠建立起新生活，一種既封閉又隔離的生活，像高加索山的斯萬人所建立的高塔一樣，但與此同時，新生活沒有刪節漏段地混合了兩人截然不同的過去：羅伯特破碎得猶如瞎眼夜蝶盲目顫動的生活裡，總是伴隨著閃電般愉快的改變，從猶太教徒到科學數學的信徒，再到算是他生命中最重要的大事，按羅伯特對自己繪畫技藝的定義來說，是沒有意義但卻是很吸引人的色彩塗鴉的生涯；至於索涅奇卡，她的生活卻是沉浸在別人作品的臆想世界裡，全然的虛構但又讓人心醉神馳。

現在索涅奇卡要在他們兩人共組的生活裡放進她自己崇高又神聖的生活空白經驗，還要放進一種永無止盡，而且有求必應的耐心，就是對所有羅伯特向她傾訴的一切，同樣也是崇高和神聖，但是她不是很理解的豐富過去的回應。就連羅伯特自己也感到驚訝，在與妻子漫漫長夜的深談之後，他的過去竟變得煥然一新、別具意義。彷彿輕觸著一塊哲學之石，與妻子的深夜交談竟是洗滌灰暗過去的裝置……

在羅伯特的回憶中，五年勞改營生活的頭兩年特別難熬，後來不知怎麼就變得比較淡然平順——他開始描繪起上級長官的老婆的畫像，接複製畫的訂單……至於自己的原始創作則是墮落藝術（指現代藝術）的可悲代表，而羅伯特之所以會去把畫完成，通常是因為被某種形式方法所吸引，比如說，他用左手來繪畫。有時他會因為使用左手作畫而改變使用色彩的習慣，卻因此而有了一些新發現。

就個人內在氣質而言，羅伯特有禁欲傾向，他總是能以最少的需求來過日子，只是勞改的那幾年下來，他連自己也認為是必要的需求品都被剝奪——像是牙膏、一把好刮鬍刀和刮鬍子需要的熱水、手帕，還有衛生紙等——而現在他對每一件微不足道的小東西都感到高興；對每一個因妻子陪伴而發光的嶄新日子充滿歡愉；對奇蹟似地離開勞改營，現在一星期一次到地區警察局報到的這種附帶條件下的自由人身分，他都由衷感到喜悅。

他們比很多人都要住得好。在工廠管理部門的地下室裡，藝術家被配到一間沒有窗戶的房間，旁邊就是鍋爐室。這裡非常溫暖。電源幾乎不曾關過。鍋爐工人幫他們煮的馬鈴薯，是索涅奇卡的爸爸帶給他們夫妻倆的，這是他用自己從不拒絕訪客請求修錶的手藝所換得的食物。

有一次索涅奇卡帶著一種很輕微的、但不像她本人會有的夢幻情感說：

「我們就要打勝仗了，戰爭也要結束，到時候我們就要展開幸福的日子……」

但是丈夫卻冷冰冰地打斷了她的話，還生氣地說：

「別作夢了。我們過得非常好——就是現在。至於戰勝以後……我和妳依然是輸家，不管哪一方的野獸惡魔勝了都一樣。」然後他用很奇怪的句子結束自己的話：「我受一個人影響很深，我從他身上獲得一個教訓，就是不要變成綠的，也不要變成藍的，不要帕穆塔，也不要斯庫塔……」

「你在說什麼呀？」索湟奇卡擔憂地問。

「這不是我說的。是馬克·阿弗烈里說的。藍和綠——這是跑馬場上馬分組的顏色。我想要說的是，我從來都不關心是誰家的馬跑第一。對於我們來說，這一點也不重要。不管怎樣，人以及他幸福一生的最後終點都是死亡。睡吧，索妮雅。」

他把一條毛巾纏在自己的頭上——這是在勞改營裡養成的一個怪癖——然後馬上就睡著了。可是索湼奇卡在黑暗中躺了好久，卻依然無法入睡，心裡面對丈夫那些只說了一半沒說完的話感到痛苦，可是和這相比，她更不想觸及另一個可怕的臆測：她的先生擁有非常可怕的知識，而這一部分最好不要去碰。於是，她把起伏的思緒轉到另一處去，她肚子裡的孩子正在揮動令人陶醉又纖弱的拳打腳踢，她試著想像，在和她周圍一樣黑的黑暗中，只有四分之一火柴棒長的手指頭的模樣，還有她腹中的首位房客是如何輕撫她柔軟的子宮壁，想到這裡，她就帶著微笑睡著了。

索湼奇卡原本耀眼又生動的閱讀才能，在婚後卻黯淡了下來，變得麻木、僵硬，原本放在書頁裡會是最不重要的事件，像是用自製陷阱抓老鼠、杯子裡枯死的枝椏又綻放新葉，或是一小撮羅伯特偶然拿到的中國茶葉等等，這會兒卻變得比別人的初戀、不相干人的死亡，甚至比下地獄本身都要來得重要和有意義。而對下地獄此一極端的文學觀點，新婚夫婦的看法倒是完全一致。

還在他們閃電結婚後的第二週裡，索妮雅就知道了一件對她來說是恐怖至極的事：她的丈夫對俄國文學的態度竟是完全冷淡，他認為祖國文學太赤裸、有偏見，而且一律是讓人難以忍受的道德訓誡，唯一一個例外的只有普希金……夫妻倆為此而發生爭執，羅伯特以嚴謹冰冷的論證來對付索湼奇卡的激昂和熱情，最後這場家庭研討會就在苦痛的淚水和甜蜜的擁抱中結束。

生性固執的、總是把最後一句話保留給自己使用的羅伯特，在黎明時分還趕著對剛剛睡醒的妻子說：

「瘟疫呀！所有這些權威都是瘟疫，從迦瑪列❺到馬克思……還有妳的那些寶貝文學家都是……高爾基根本是個草包，而艾倫堡又是一副嚇死人的模樣……還有阿波利奈爾❻也是草包一個……」

❺ Gamaliel，出自新約聖經使徒行傳第五章，迦瑪列爲使徒保羅之師，是受人敬重的教法師。

❻ Apollinaire, 1880-1918，法國詩人和散文家。

聽到阿波利奈爾這個名字時，索涅奇卡不禁全身一顫：

「你也知道阿波利奈爾？」

「知道。」他不情願地說。「還在一次大戰的時候……我有兩個月的時間和他住同一個地方。後來我被調到比利時，一個離伊珀爾城不遠的地方。妳知道這地方嗎？」

「知道，我記得。」索涅奇卡喃喃地說，對丈夫挖掘不盡的生平事蹟讚嘆連連。

「哼，老天保佑……我正是遇上那一次的毒氣攻擊。可是我位在小山丘上，又是背風面，所以沒有中毒。我總是很走運……一個幸運兒……」然後他為了再一次強調自己無可比擬、唯上天寵顧的運氣，他把一隻手環抱在索涅奇卡的肩膀上。

至於俄國文學這一個話題，他們從此不再聊到。

＊　＊　＊

羅伯特延宕了很久，已經延到不能再延的出差期限在小孩出生的前一個月到期了，然後他接到一紙命令，要他即刻回到一個名叫達夫列卡諾沃的巴什基爾人聚落，在這裡他只能把結束流放的可能性寄望在未來，而這未來，索湼奇卡寄予滿懷的希望，可是羅伯特卻是非常的懷疑。

索妮雅的父親和肺病害得很重的母親一直試圖說服她待在城裡直到生產，但是索湼奇卡堅定地表示要和丈夫在一起，而羅伯特自己也不想和妻子分開。這件事情讓鐘錶匠老丈人首度對女婿顯露不滿。老人家在這段時間裡失去了兒子和大女婿，羅伯特成為他嘴巴上不說，實際上卻想親近的對象：他們之間的社會階級差異性在現在看來，在這個翻轉、顛倒了的世界裡，非但不重要，反而顯出知識份子在無產階級面前虛張聲勢的優勢性。至於其他部分，他們的文化冰山在海平面下的部分是一體的……

全家人花了一天的時間幫索湼奇卡打點行囊——當中又花了很多功夫才讓羅伯特轉移注意力，讓他把他該收拾該做的事情做完。母親邊流著黃色的眼淚，邊不住手地縫著嬰兒包巾；用萬般慈愛的細針溫柔地幫嬰兒服車邊，這是她用自己衣服裁下的一塊布縫製而成的。不久前才在戰場上失去丈夫的姐姐，手裡忙著從一條紅色圍巾裁下一部分來編織小襪子，而眼睛則是一動也不動地看著自己。好不容易取得一普特❼麵粉的父親，現在正把它一小袋一小袋地分裝，一邊憂慮地看著索涅奇卡，女兒已經懷胎九個月了，但最後這一段時間裡卻是消瘦很多，裙子就算把釦子釦起來了也還是一直往下掉，她懷孕的樣貌根本無法以體型的變化為依據，而是以變胖的臉頰和有些浮腫的嘴唇來辨別。

「女娃，肯定是個女娃。」媽媽小聲說。「女孩家，她們總是吸取母親的美貌……」

索涅奇卡的姐姐不感興趣地點了一點頭，而索涅奇卡卻

---

❼譯註：相當於 16.3 公斤。

有些茫然地傻笑，不斷跟自己確定：「天哪，要是可能的話，女孩……要是可能的話，可要是一個皮膚白皙的女孩子……」

＊　＊　＊

深夜的時候，一位鐵路局的熟人將他們安置在一輛停靠在離站一公里半外的三節車廂的列車裡，車廂裡材質良好的木製牆板多少還保留著當年高級品的痕跡。然而，軟沙發和摺疊桌早就被人給拆了下來，璀璨耀眼的奢華如今早被廉價的木板凳所取代。

待在這節小車廂裡從斯維爾德洛夫斯克到烏法需要一天

半的時間，一路上不知道為什麼，羅伯特想起他年輕時候的一趟昏頭脹腦的巴塞隆納之行，大概是在一九二三年間，又或是二四年的時候，那時他認識了高第，再加上他獲得生平第一筆大錢，於是他便興沖沖地跑去那裡。

整個旅程上大半的時間索涅奇卡都是安穩地睡著，把腳擱在華麗的棉被繡花邊上，把肩膀倚在丈夫瘦削的胸膛上，而他則是回想起那條蜿蜒前進、向上爬去的街道，還有街道上那間他住過的旅館、窗前那座造形質樸的圓形小噴泉，以及擁有一張黝黑的俏臉龐、兩個像剪出來的鼻孔、美得不可思議的妓女，他包下她，讓她跟他一塊縱情享樂地度過七天的巴塞隆納假期。他在記憶中摸索，輕易便找到渺小卻又格外清晰的細節：旅館餐廳裡有著一張貓頭鷹臉的服務生，一雙用淺黃色牛皮做的很棒的鞋子，是在一家掛著很大的「荷馬」藍色招牌的商店裡買到的；就連那個巴塞隆納女孩的名字他也記起來了——康契塔！她是義大利人，移民到西班牙，祖籍是在阿布魯齊亞……至於高第這個人他卻是一點也不喜歡……經過了二十五年，現在他眼前看到的全是那些奇怪建築物的細節部分，根本就像植物，純然的幻想，完全不真實的東西……

索湼奇卡打了一個噴嚏，半醒半夢地，嘴裡喃喃說了什麼。他把她睡著的手拉向自己，思緒回到近在咫尺的烏法城，回到荒涼的巴什基爾，然後他笑了起來：「我曾到過那裡嗎？我現在在這裡嗎？不，根本沒有所謂的真實……」

＊＊＊

經過產婦生產前第一階段的徵兆後，羅伯特帶著索涅奇卡來到婦產科診所，它就位在一座廣大又平坦的村落邊區，在一處沒有樹林遮蔽、腳下植物全都踏平了的地方。建築物本身是用混雜著碎磚和稻草的黏土蓋成的，簡陋至極，只有幾扇模糊不清的小窗。

唯一的一位醫生是個很容易臉紅、年紀已然不輕，但皮膚依然白嫩的金髮男子——朱瓦爾斯基「龐」❽，他從波蘭逃亡過來，是不久以前在這裡還很時髦的華沙大夫，一個社

❽譯註：波蘭語，「先生」之意。

交型的人物，也是頂級紅酒的愛好者。他背對著來訪者，身上的醫師袍發出淡藍的白光，不算合宜，但是至少讓人安心，他咬著唇邊淡色鬍子的鬢腳，用一塊絨面眼鏡布擦拭他那副大眼鏡的玻璃。那一扇他一天會走過來看個好幾次的窗戶，從那裡看著窗外完全沒有修整的土地，上面長著東一堆西一把的骯髒青草，渾不似往昔從他華沙診所的窗前看出去，是一排整齊有致的耶路撒冷林蔭道，他用他印有綠色方格圖案的紅色英國手帕擦了擦濕潤的眼睛，這條手帕是他僅存的財產……

他才看了搭車長途跋涉四十俄哩❾來到這裡的一個不年

❾譯註：1俄哩等於1.06公里。

輕的巴什基爾婦女一眼，立刻就向護士大叫：「幫這位太太去清洗一下！」——然後他現在，試著壓抑胸中因受到侮辱而不由自主的顫抖，帶著惆悵的心情懷念起他以前那群膚如凝脂的女病患，想起她們那受到精心照料、價值不菲的私處所散發出的奶香甜味。

他忽然感到自己身後似乎有人，於是轉過身來，然後他看到一位坐在椅子上、身材高大、穿著一件舊大衣的年輕女子，還有一位臉頰尖瘦、頭髮灰白、穿著一件短上衣的男士。

「我斗膽前來打擾您，醫生。」那名男子說，而朱瓦爾斯基「龐」從男子一開口講話的聲音立刻辨別出他跟他屬於同一個階層，是那個受到粗暴踐踏的歐洲知識份子階級，於是他帶著微笑走上前去和他認識。

「請坐……請。這是您和您夫人是嗎?」朱瓦爾斯基「龐」用帶點疑問的語氣詢問男子，他留意到這兩人之間的差異性，包括在年齡上，以及從外型上一看就覺得很不搭調而產生的怪異感。跟著他的手往那條用來隔開診察室的布幕一指。

又過了十五分鐘，在他替索湼奇卡仔細檢查過後，他確定了最可能的生產時間，即便如此他還是吩咐夫婦兩人再耐心等個十小時，要是一切正確無誤，而且又按著自然時辰進行的話。

索湼奇卡被安置在床上，身上蓋著一條已經硬化的、冷冰冰的塑膠布，朱瓦爾斯基「龐」用像是獸醫應付動物的手式拍了拍她的肚子，然後轉去看巴什基爾婦女去了，根據旁人所言，這位女子在三天前產下一名死胎，本來一切好好的沒事，但這會兒人卻變得不舒服起來。

兩個半小時以後，醫生那張刮得乾乾淨淨的臉頰上淌著大顆淚水，他走到屋外台階上，那裡坐著哪兒也沒去、滿臉憂愁的羅伯特，他對著他的耳朵悲涼地低語：

「我真應該被槍斃。我沒有權力在這樣的條件下動手術。我手邊沒有，說直接一點就是完全沒有裝備。但是我不能不動手術。再過一天她就會因為傷口感染膿毒而死！」

「她怎麼了！」羅伯特問，舌頭變得僵硬異常，腦中想著將死前的索涅奇卡。

「唉呀，天哪！對不起！您的太太沒事，陣痛還在進行，我是在說那個不幸的巴什基爾女人……」

羅伯特把牙齒咬到咯咯作響，心裡暗罵了一句：他不能忍受這樣神經質、每一分鐘都想要把自己心境說出來的男人。他抿住嘴唇，把頭轉到一邊去……而就在朱瓦爾斯基「龐」站在台階上，滔滔不絕地講著自己心境的這十五分鐘裡，索湼奇卡順利產下一個兩千公克的小女嬰，她皮膚白皙、臉蛋小巧，和索湼奇卡想得是一模一樣。

＊＊＊

索湼奇卡的轉變是如此巨大又深層，彷彿她過去的生活轉過身去背對她，並把索湼奇卡深愛已極的書本世界一起帶走，取而代之留給她的，是沒有事先安排好的沉重負擔、貧窮、寒冷，以及對女兒塔妮雅和丈夫終日無盡的擔憂，這兩個人總是輪流生病。

要不是索涅奇卡的爸爸不斷接濟的話，這個家早就活不下去了。爸爸總是能想辦法幫他們拿到最必要的東西寄給他們。對於雙親一再想說服她帶著小孩回到斯維爾德洛夫斯克，她的回答總是千篇一律：「我們得和羅伯特住在一起。」

霪雨霏霏的夏季終於結束，嚴寒的冬季跟在夏季離去的腳步立即到來。待在這間用潮濕土磚蓋成的不穩當小屋裡，回想起之前在工廠管理部門地下室的家就像是熱帶地區的天堂樂園。

燃料是首要擔心的問題。羅伯特擔任會計的聯合收割機職業學校有時會給他馬騎，從秋天起他就已經時常騎馬到草原上，割取一種跟蘆葦長得很像、但是他並不知道名稱的一種乾枯又高大的草。這種草只要收滿一貨車的量就足夠供應整整兩天的燃料，這是他在離開村落前往斯維爾德洛夫斯克前的那個冬天得來的經驗。

他把草壓得紮紮實實的，把一間外接的小屋塞滿這種他自製的草磚。他把地板的一部分架高，用來儲放馬鈴薯，這地板之前也是他親手鋪的，但那時沒考慮到家裡須要一間馬鈴薯儲藏室。他又挖了一個地下室，把它烘乾後用偷來的木板強固結構。他還建了一間廁所，而他的鄰居拉基莫夫老先生搖搖頭，笑了起來：在這個鳥不拉屎的邊區，附有眼孔的木板是多餘的奢華品，而且自古以來，在這個說遠不遠，人稱「風吹抵」的地方湊合著過日子也就夠了。

羅伯特是一個吃苦耐勞、很有力氣的人，而且身體上的疲憊，可以放鬆他因為處理帳單上那些無意義的虛假數字而痛苦不堪的心。所有的數據都是用騙人的報表和偽造的文件所串成，那些文件上把被偷走的燃料和機器備用零件，以及被盜賣到當地市場的蔬菜全都註銷掉。那些蔬菜是一個滑頭的菜園主人所種的，他的一隻右手有殘疾，是一個令人愉快、但是臉皮很厚的傢伙。

就這樣，每天晚上羅伯特推開自己家的大門，在煤油燈活潑閃耀的光芒下，以及一陣忽然飄出的煤煙裡，他看到索涅奇卡，她坐在家裡唯一一張由羅伯特改造成的扶手椅上；還看到緊貼在索涅奇卡形如枕頭、前端呈尖形的乳房上一顆灰溜溜、毛茸茸、軟呼呼、像一顆網球的嬰兒頭。這一幕情景以無聲的方式不斷搖晃、跳動著進行：不穩定光線的顫動、看不見的溫暖奶水的波浪，還有一種視覺上無法分辨的電流，他因此停止呼吸，忘了要關上門。「門！」索湟奇卡對著丈夫微笑，用拉得長長的低語小聲說，然後，她把女兒直放在他們唯一的床上，跟著從枕頭下拿出一只鍋子，把它放在空蕩蕩的桌子中間，在最好的日子裡，唯一的一道菜是用馬肉熬成的濃湯，或是用菜園裡的馬鈴薯，又或是用父親送來的麵粉之類作成的菜。

索湟奇卡總是在清晨時候，因為女兒開始不安分地動來動去而醒過來，她把小女孩抱在自己的肚子上，尚處於睡眠狀態的背部還感受得到丈夫就在身邊。她眼也不睜地把上衣的鈕子解開，掏出早晨時已經脹奶的乳房，把奶頭擠兩下，於是兩道長長的乳汁便落在彩色的抹布上，她用這抹布擦拭奶頭。小女娃開始翻來覆去，把嘴唇撮起來，發出咂咂的聲音，然後叼住奶頭，就像一隻小魚捉到大餌一樣。索涅奇卡的乳汁很多，輕易便可以流出，她哺育著，帶著一種乳頭被含住、一陣痙攣通過，還有胸部被沒有牙齒的牙齦輕輕咬到的感覺，這些都帶給索涅奇卡無比的快感，這種感覺被同樣總是分秒不差在黎明時分醒來的丈夫，以一種無語的方式和她一起感受。他擁抱著她寬闊的背部，充滿醋意地把她拉向自己，而她則因為這雙重負擔帶來的難以承受的幸福感而茫然發呆。在清晨的第一道曙光中她微笑著，她的身體默默不語、欣喜地驅除了這兩個對她而言是無比珍貴又切割不開的寶貝的飢餓感。

這一幕早晨的幸福照耀了一整天的生活，接下來所有的事情彷彿是自動完成，既輕鬆又靈巧，而每一個天上人間的日子都不會跟其他天混淆，因為索湼奇卡都是個別加以記住：比如說某天下了一場慵懶的雨，或是有一天菜園裡飛來一種腳彎曲、通身赤褐色的大鳥停佇，或是女兒腫起來的牙齦上露出第一顆有稜有角的乳牙。索湼奇卡把這些事情記了一輩子——可是還會有誰需要記憶這種勞心費神、卻又沒有任何意義的工作呢？——她記得每一天的畫面、它的味道、色彩，特別是丈夫在每一個當下所講的每一個字，對她而言都具有擴大和充滿力量的效果。

多年以後，羅伯特還是對索湼奇卡不加區分的記憶力感到驚訝，她的記憶就像是在一堆由日期、數字和細節的秘密底層裡累積形成。就連羅伯特為逐漸長大的女兒而重拾創作樂趣所做的玩具，索涅奇卡也是無一遺漏地加以記住。那些索涅奇卡後來帶到莫斯科的小東西：像是用木頭刻出來的動物，或是用繩子編出來的飛鳥，或是有著可怕面孔的木頭玩偶，她一樣都沒有忘記；就連留給拉基莫夫老先生的孩子和孫子們的東西，或是留給一大群友善的、一概瘦巴巴模樣的麻雀的玩具：像是一座附帶哥德式尖塔和吊橋，而且可以自動伸縮的木偶國王城堡，另一座附有一大群火柴棒奴隸和野獸的羅馬式教堂，以及一個體積相當高大的建築體，這座建築物附有把手和許多彩色木板，木板會動，啪啦作響，還會發出可笑的詭異音樂……所有這些她也從來不曾遺忘。

可是這一種記憶遊戲卻超過小孩子的遊戲能力。記憶力很好、跟媽媽一樣記得這段時間裡許多事情的女兒，卻完全不記得她所擁有過的這些玩具，或許，這部分是因為他們全家在一九四六年從烏拉山地區遷移到亞歷山德羅夫市⑩的時候，羅伯特在這裡幫她建造了一系列幻想城市，是用刨下的木屑和上了顏色的紙所做成，製作這種東西的方法之豐富，讓它後來被稱為紙雕建築。而這一種脆弱的玩具在後來頻繁的搬家遷移過程裡，在一九四〇年代末、五〇年代初終告消

⑩譯註：位於弗拉基米爾省西北方，距莫斯科一二〇公里遠。古時稱爲亞歷山大羅夫斯卡村，曾經是恐怖伊凡設立惡名昭張的沙皇直轄區的總部，現今是鐵路要站，市內有許多古蹟、教堂。

失不見。

要是羅伯特的前半生是用任性的大步、橫跨洲際的縱身飛躍來形容的話：從俄羅斯跳到法國，然後躍到美國、巴爾幹地區、阿爾及利亞，重新躍回到法國，到最後又回到俄羅斯；那麼他盡是勞改和流放路程的後半生，就只能用小碎步來形容了：從亞歷山德羅夫、卡利寧、普希金諾到利安諾佐沃。所以，花費了整整十年的時間，他又再次接近到莫斯科，一個至今對他而言，依然不是雅典或耶路撒冷的城市。

在戰後的前幾年裡，索涅奇卡肩負起養家活口的重責大任，她拿起母親的縫紉機，放大膽子，無師自通地學會了縫紉，尤其是把袖子跟胳肢窩裂開的部分給密實地縫上。她的客戶都是不會太挑剔的人，裁縫師自己也只是盡本分地做，而且她從不亂敲竹槓。

羅伯特則是在一些提供半殘障者工作機會的地方做事，有時是學校的大門守衛，有時是勞動隊的會計，這種勞動隊專門生產一種不知目的為何、難看至極的鐵把手。在巴黎自由氣息涵養下長大的羅伯特，完全不能理解在這一個無趣又陰鬱的國家裡做這種工作的意義何在，即便他與這個國家拙劣的壓榨性和忝不知羞的欺騙性已經妥協的情況下，他還是不能理解。

他把自己的藝術想像力發揮在雪白的紙上，他創造自己的第三代紙雕建築，他的女兒有一段時間裡也對此著迷。做這玩意的同時，他的設計概念、對空間與平面關係的準確嗅覺也跟著打開，於是他的眼睛完全不能從那奇妙的形體中轉移開來，那一個接一個地從完整的一張紙上剪下來，然後在某處揉捏一下，在哪裡又折它一點，並把它由裡朝外地翻過來，然後這東西就完成了，一個沒有名字，從古至今從未存在於自然界的東西。這一種最早是為了女兒而想出的遊戲，現在卻變成了他自己的遊戲。

而索涅奇卡的信任從無止盡。丈夫的天分一朝被她當成信仰來看，她終生都以虔誠的讚賞對待一切出自他手上的東西。她不懂什麼複雜的空間概念，也不懂什麼叫做優雅的決定，可是她在他奇怪的玩具裡感受到他人格的反映、神秘力量的行動力，然後她幸福地對自己說著一直以來不斷重複的話：「天哪，天哪，我怎麼會這麼幸福……」

至於繪畫，可以說，羅伯特已經把它丟到一旁了。因為以前陪女兒塔妮雅玩，進而培養出的新手藝已經取代了繪畫。而貴人總是在適當的時機出現：在亞歷山德羅夫發電站他遇到了一位很有名的藝術家提姆勒，兩人還在巴黎的時候就已經認識，而且交情一直維持到羅伯特回莫斯科以後，直到被捕為止。這位藝術家被冠以形式主義者的稱號——這意味著，你頂著這頂大帽子衝藝術衝過頭了，也意味著，你是法定的無能者——所以他在這些年裡都躲到劇院裡去。他開車去找羅伯特，花了一個半小時站在木板棚裡，在他眼前是幾張由阿拉伯數字和以色列字母組成的構圖，而一位當地木匠的兒子，曾經在猶太小學裡唸過兩年書，很喜歡這種文字的獨特性，他有些害羞地請教作者羅伯特這幾排文字的意思，而作者本身卻從未想過要解釋這謎樣的文字和數字間的關聯和意義，這只是他年輕時信仰猶太教的冰冷殘餘，以及他對切割和翻轉空間無所忌憚的放肆遊戲。

提姆勒花了好長一段時間默默地喝茶，而離去之前他神情陰鬱地說：

「你這地方太潮濕了，羅伯特，你可以把自己的作品移到我的工作室來。」

這一句話意味著對羅伯特作品的全面認可，而且很讓人感激，可是羅伯特卻沒有把這句話加以利用。這些偶然間產生的、沒有標示意義的物件就在這樣的木板棚裡腐爛而去，回歸原本不存在的狀態，即便不這樣做，東西也承受不住多次的搬移。

就在這裡，木板棚裡，著名的提姆勒向羅伯特下了第一張訂單，內容是訂製一個劇院模型。一段時間後，這件模型揚名全莫斯科劇場界，從此訂單絡繹不絕。在五十公分平方的模型台上，他隨心所欲造出高爾基筆下的小客棧，或是一間無人繼承的死人辦公室，又或是奧斯特洛夫斯基劇本裡堆積如山的糧食店。

* * *

古怪的塔妮雅總是在木板棚、鴿子窩和嘎吱響的鞦韆之間遊晃。她喜歡穿著媽媽的舊衣服。這個又高又瘦的女孩子整個人陷到索湼奇卡一件樣式肥大、腰間用一條舊喀什米爾手帕繫住的長衫裡去。她那一頭像已經成熟、但尚未隨風飛舞的蒲公英種子的濃密頭髮圍住了她整個窄臉蛋，充滿空氣和彈性的頭髮向四面八方翹起，沒有梳梳子，也沒有綁成辮子。她在瀰漫著舊木桶和腐爛的庭園桌椅的氣味之間，還有一堆破爛不堪、完全無法使用的物件形成的濃密陰影間穿梭，然後她會像變色龍一樣，忽然消失在這一堆物件當中。她總是久久地呆在那裡不動，然後又為了一聲突然的呼喚而受到驚嚇。

索湼奇卡為此總是擔心不已，向丈夫抱怨女兒的神經質。而他則把手搭在索湼奇卡的肩上說：

「妳就別管她了吧。妳也不希望她是一個指令一個動作的聽話小孩。」

索湼奇卡希望用書本來吸引塔妮雅，可是塔妮雅在聽著媽媽生動活潑的朗讀時，卻常常兩眼發直，思緒飄到媽媽作夢都想不到的地方神遊去了。

在嫁為人婦的歲月裡，索湼奇卡從一個不食人間煙火的女孩蛻變成一個相當務實的女主人。她非常想要擁有一間像樣的房子，廚房有接自來水管的水龍頭，女兒有單獨一間房，丈夫有自己的工作室，晚餐固定有肉排、果汁，有一整床白得跟太白粉一樣白、不是用大小不等的三塊布縫製而成的床單和被套。為了這個目的，索湼奇卡在兩個地方工作，深夜幫人縫補衣服，背著丈夫偷偷存錢。此外，她還希望把喪妻的老父親接來一起住，年邁的父親幾乎全瞎了，健康狀況也很不理想。

在市郊公車上來來回回，在電聯車上左搖右晃，索湼奇卡迅速地且醜陋地顯出老態：上唇原本長著柔軟汗毛的地方現在變成一根一根看起來髒髒的實心苗芽，眼皮也下垂了，使得臉龐看起來像一隻狗臉，而眼睛底下的黑眼圈不論是經過一個星期天的休息，或是兩個禮拜的休假都不會消失。

可是索湼奇卡衰老的悲歌與驕傲美女的年華老去不同，它絲毫沒有損及她的幸福生活：丈夫永遠比她年長的事實，給予她青春不凋的永恆感受，而羅伯特努力地盡一位做丈夫的本分更確認了這項事實。每一個早上索湼奇卡都沐浴在不可置信的女性幸福色彩中，如此明亮耀眼，要習慣它的存在簡直不可能。她的內心一直偷偷懷著在某一分某一刻中這種幸福可能消逝的心理準備——誰知道會在哪個偶然的情況下，會因為某人的錯誤或是疏忽而導致幸福中斷。對她而言，可愛的女兒塔妮雅也是偶然的贈禮，婦產科醫生曾經說過：索湼奇卡的子宮是孩童式的，它發育不全，因此不適合生孩子，在塔妮雅之後，索湼奇卡未曾再懷過孕，她不只一次提到這件事，還傷心得哭起來。她一直認為，假如不能再為丈夫生小孩的話，自己實在配不上他的愛。

＊　＊　＊

一九五〇年代初，多虧索湼奇卡龐大的勞力付出和四處張羅之故，全家以半買半交換的方式獲得了一間新住處，他們遷入一棟木造兩層樓房，其中四分之一歸他們住。這樓是當時少數幾棟碩果僅存的老建築物，它面向彼得羅夫斯克公園，鄰近「發電機」地鐵站。房子本身棒得沒話說——是一九一七年革命發生前一位著名律師的別墅。別墅附設的庭園四分之一亦歸公寓新主人來使用，當作額外的優惠。

美夢成真。塔妮雅有了單獨的一間房，位在二樓一間採光良好的小房間；索涅奇卡的爸爸，只剩下生命的最後一年，佔了屋子角落的一間房；而羅伯特在有禦寒效果的陽台上建了一間工作室。至於在錢財方面，他們手頭也變寬鬆了。

因為交換公寓這種偶然的機會，羅伯特竟因此住到莫斯科的蒙馬特區附近，距離藝術家小鎮只有十分鐘的路程。完全出乎他的意料之外，在這一個他認為空蕩蕩、渺無人跡的地方，他竟然找到一群如果不能稱做是志同道合的夥伴，起碼是可以交談的對象：亞歷山大・伊凡諾維奇・K君，俄羅斯的巴比松派畫家，是流浪貓和受傷鳥類的保護者，他坐在潮濕的土地上，描繪自己最生動的寫生畫，還說這是希臘神話英雄安泰觸碰了他的「小屁屁」，給予他創作的力量；光頭的烏克蘭佛教徒格里高里・L君，他喜歡在紙上構思透明的瓷器和絲織品，用茶或是牛奶一層又一層地覆蓋出水彩層次的效果；還有頭髮五顏六色，外加一隻被人打斷過的鼻子的詩人加夫里林，他擁有與生俱來的藝術才能：他從包裝紙上剪下一大片一大片的紙，然後在一堆令人費疑猜的組合圖像間書寫自己那些正唸倒唸都一樣的迴文長詩，或是一些讚美羅伯特的文學活字密碼。

這一群搞藝術的怪人在把自己偽裝得很好的赫魯雪夫融雪時期⓫找到了自己，他們向羅伯特伸出友誼的手，逐漸地，羅伯特封閉隔絕的家變成很有自我風格的俱樂部，而男主人本身就扮演著受人尊敬的主席角色。

他還是跟以前一樣不多話，可是只要他的一句表示狐疑的評論，或是一個冷笑就已經足夠把偏離的主題再拉回來，或是把話題導引到另一個方向去。這一個因痛苦而沉默多年的國家終於開口說話，不過像這樣自由的交談只能夠在房門裡面進行，而恐懼依舊在背後佇立。

⓫譯註：指一九五三年史達林過逝後到一九六四年赫魯雪夫下台之間，蘇聯國內政治、文化和生活的緩和期。

索涅奇卡一面編織著塔妮雅的長襪子，把它拉成滑溜溜的鄉下才有長的蛤蟆蕈的樣子，一邊仔細聽男人之間的談話。那些談話不是關於冬天的麻雀，就是討論梅斯特・埃克哈爾德⓬書中的的幽靈，要不就是喝早餐茶的方式，或是歌德色彩理論，總之皆與當前時節所要憂慮的事全然無關，但是索涅奇卡總是在這天南地北的談話火光前虔誠取暖，並且一遍又一遍地自己對自己說：「天哪，天哪，我怎麼會這麼幸福……」

⓬德國神秘主義者，1260-1327。

＊＊＊

斷鼻詩人加夫里林是各種藝術的愛好者，此外他還有嗑雜誌的習慣。有一次他偶然間在一本美國藝術雜誌上面看到一大篇報導羅伯特的文章，寫到羅伯特的生平簡介，以約略誇張的方式，宣布藝術家已經在三〇年代末期死於史達林的勞改營中。由於語言的關係，文章其他部分對詩人來說顯得太過複雜，他無法全部搞懂，不過所幸他找到人幫忙翻譯，這才得知其餘內容是說，羅伯特・維克特羅維奇幾乎已經成為傳奇經典，而且，不論任何情況，都是當前歐洲所向披靡的新潮流藝術的先驅者。這篇文章裡還刊登了四幅羅伯特作品的照片。

隔天羅伯特和巴比松派畫家一起來到莫斯科圖書館，把那篇文章找出來，然後帶著一肚子的火氣回家，因為四張照片裡面有一張根本不是他的作品，那是莫藍迪⑬的作品，而另一張印在雜誌上方的照片，裡頭的內容竟被切到只剩底部。可是當他把全文閱讀完畢以後，他更是氣上加氣。

「美國在二〇年代給我的印象就是一群毫無希望的傻瓜國家。看樣子，這些年來，它還是沒有變得聰明起來。」他氣呼呼地說。

但是加夫里林卻跑去跟街坊鄰居和熟人到處宣揚這篇報導，於是一向反應迅速又機伶的劇場藝術家也想起了這位製

---

⑬譯註：Giargio Morandi, 1890-1964，被稱爲波隆那市民畫家，一生創作品局限於幾只瓶子和波隆那郊外風景。

作模型的老師父，又重新跑來和他相認。

這一堆你來我往和匆匆忙忙之中，竟導致一個出人意外的結果，藝術家協會把羅伯特納入成員，並分配了一間工作室給他。

這是一間很棒的工作室，窗戶朝向「發電機」地鐵站的運動場，一點也不輸他最後在巴黎的蓋．呂薩克街上那間附帶有盧森堡公園景致的頂樓工作室。

＊＊＊

索涅奇卡快要四十歲了。她頭髮全都灰白了，而且變得很胖。羅伯特的改變卻是很少，還是跟蝗蟲一樣又瘦又輕，這兩人在年齡方面的巨大差距似乎逐年縮小。塔妮雅對自己雙親的衰老感到有些難為情，她對自己高大的身材、瘦長的雙腳，還有正在發育的胸部也是一樣感到難堪。當早熟的少女尚未完全成長時，所有一切在她看來都那麼不協調，和自己十幾歲的年紀很不搭調。不過不同於索湼奇卡，她身邊沒有一個很愛譏笑她的哥哥，眷顧她的是掛在四面牆上、美得不可思議的幼時肖像。這些肖像畫緩和了她對自己的不滿心理。從七年級起，她開始從幼稚的同班同學和較年長的男生身上得到對自己外貌魅力的信心。

從很小的時候開始，塔妮雅所有的願望總是很輕易地就被實現。溺愛她的父母在這一部分投入很多的心力，通常是跑在她的願望剛產生之前就預先幫她想好。像是小魚、小狗，還有鋼琴，幾乎都是在小女孩一剛提到它們的時候，就出現在她的面前。

打從她出娘胎的那一刻起，她就被一堆不可思議的玩具所包圍，而遊戲更是她生活裡的主要部分，完全自主，無須任何其他的參與者加入的遊戲。結果是，當她走出自己被刻意延長的童年遊樂時，她彷彿是用沉睡的方式度過兩年的過渡期；而由於很早就知道成年人喜歡什麼樣的遊戲，所以她總是十分清楚自己在享樂方面，以及在不受約束的自由人格上的權利。

塔妮雅從未嚐到過像媽媽索涅奇卡被心儀的人摑臉的那種屈辱的愛。儘管她其實連中等美女也稱不上，而且也不具有一般所謂可愛的外型，但是她的長臉蛋、細蔥鼻、一頭到處亂翹的捲髮，再加上一雙有些呆板的淺色窄狹眼睛，這樣的組合卻出奇的迷人。塔妮雅始終不停玩遊戲的習慣，比如說跟書本、鉛筆，或是自己的帽子玩，也同樣吸引了她的同齡者。她的手上好像始終有一座吸引周遭目光的小型劇場在上演。

有一次塔妮雅因為要抄數學作業而跑到朋友鮑里斯家去，後來她因為把玩他的手指和嘴巴而忘了回家的時間，就在這時她發現到一件事，一件不屬於她這年紀該有、但卻極為吸引她的事。鮑里斯雙親的房間在這個傍晚時分微微打開著，而這道透光的門縫裡有兩條肥大的身影擋在電視機前，這兩條身影彷彿按著遊戲規則一般，一來一往地相互呼應著和當下發生的動作沒有關聯的話語。而接下來的場景是兩位小朋友以純真的聲音相互提問：「你之前都沒有試過嗎？」「那妳呢？」而從來都不知道拒絕滋味的塔妮雅提出建議：「那我們也來試一下吧！」然而這一場禁忌的兒童電影，不管是直義，或是轉義，所幸最後還是及時打住。

就在兩人一觸即發的熾熱時刻，從隔壁房間很不是時候的傳來叫吃晚餐的聲音，因此接下來的嘗試只好被延宕到比較合適的時機了。

後來他們的約會都選在鮑里斯父母不在家的時候進行。這種冒險最令塔妮雅著迷的莫過於對自己身體的認識：原來身體的每一個部分，包括手指、胸部、肚子和背部，對於觸摸的感受都有不一樣的回應，而且身體也喜歡任何可以吸引它的美好感受，這種對彼此身體的探索給予兩人非常大的快感。

鮑里斯這個滿臉雀斑、門牙暴出、嘴角還發炎的男孩竟展現出非凡超群的天分，在兩個月的時間裡，兩個年輕的實驗者廢寢忘食地從三點一直「工作」到鮑里斯父母下班回來前的六點半，全然融會貫通了所有關於愛情實際操作的那一面，而且絲毫沒有意識到自己的行為已經超出了孩童和「工作」夥伴該有的界線範圍。

後來他們之間發生了衝突，導火線如下：塔妮雅拿走了鮑里斯的幾何學筆記本——跟著弄丟了。然後她以完全不在意的輕鬆態度把這件事告知鮑里斯，而龜毛又迂腐的鮑里斯為此非常生氣——不是因為掉了筆記本的事，而是因為塔妮雅對自己行為的疏失和不禮貌完全不以為意而感到生氣。塔妮雅叫他是「惹人厭煩的傢伙」，而他反譏她是「貪得無饜的女人」。兩人吵了一架。

後來，從三點到六點半的「身體勞動時間」裡解放出來的鮑里斯開始很認真地鑽研起數學來，全心全意投入在科學領域裡。至於塔妮雅，她完全不在乎生涯規劃，開始在自己採光良好的房間裡用笛子吹起呆板又瘸腳的音樂、啃指甲，還有閱讀起書來……噢，可憐的索涅奇卡，在世界文學的崇山峻嶺之間度過的光明青春歲月！——而她那位在人文素養上一片空白的女兒所閱讀的，不管是外國文學或是本國文學也好，都是幻想文學，一概只有幻想文學……

與此同時，塔妮雅那破爛發抖的笛音卻把一隊崇拜她的義勇軍匯聚到她的窗下。環繞在她周身的空氣似乎很特別，灼熱而不安定，她那一頭像起靜電的頭髮總是橫七豎八地亂翹，而且只要手一靠近立即就會釋放出微弱的電波。索涅奇卡幾乎都來不及替排隊等在門口前的春風少年開門和關門了。這一群少年一律穿著繡著長角鹿的動物園毛衣、瓦灰色的套頭裝和學生制服。五〇年代末這種陳舊又俗套的中小學制服是某位人民教育部主席，在某次所謂脆弱的懷舊情感病症發作下突發奇想的產物。

瓦洛佳・A君，一位傑出又優秀的音樂家，卻做出讓祖國蒙羞的事——他決定留在歐洲不回來了，在那樣的年代裡，這種行為被認為是政治犯罪。他在一本於一九九〇年代末出版的、咸認為具有豐富文采的回憶錄裡，曾提到那些在塔妮雅房間裡度過的音樂之夜、她那架弦音優美的直立鋼琴，還有爲了看她，而每天跑到她家幫忙調音的藉口。他帶著溫柔之情回憶起那架古老的樂器，就是它對這位剛起步的音樂家揭開了樂器也有個性的秘密。他只要一談起那架鋼琴，就像是在談一位年紀很大、逝世很久、童年時曾用滋味難忘的櫻桃餡餅養育他的親人……

依據瓦洛佳的親身經歷，只有在塔妮雅那間面向公園、可以看到一手樹身分叉的蘋果樹的房間裡，當他替塔妮雅差勁的笛音伴奏時，他才生平第一次感受到創作時心靈交流的澎湃和激盪，而且他是心甘情願地降低自己的音樂水平，好讓害羞的笛音比較能夠發揮出來。

瓦洛佳那時候還小，是一位胖嘟嘟、模樣像隻馬來貘的男孩，他愛上了塔妮雅。而這段純眞的戀情在他的生命還有內心都烙下了深深的印痕，包括他的兩任妻子：第一任是莫斯科女子，第二任是倫敦小姐，毫無疑義都和塔妮雅屬於同一類型的女人。

塔妮雅的第二位音樂知音是阿廖夏‧「彼得斯基」——在莫斯科的時候人們給他這位彼得堡人起了這麼一個綽號。阿廖夏以奔放的吉他弦樂，以及擅長吹彈聞名，從口琴到兩個空罐頭，任何凡是可以發出聲音的東西，他都能用來和瓦洛佳的古典樂技能對抗。此外，阿廖夏還是詩人，他會用他高亢的彼得堡式聲音吟唱最新流行的地下文化歌曲。

其他還有一些男孩，性質比較像是旁觀者，而不是演出者，不過他們的存在也是必要，主要是用來扮演表示欽佩和發出讚嘆的聽眾，而聽眾對於這兩位日後的大人物而言，當然是不可或缺的了。

＊＊＊

羅伯特年輕的時候也是一股奇思異想的隱形電流的中心，不過這股電流在本質上和塔妮雅的不同，他是屬於知識分子性質。就像回應塔妮雅的笛音那般，也有一批年輕人匯聚在羅伯特的身邊。很特別的是，這一群早熟的猶太小夥子，照現代的說法是十三到十九歲的少年人所組成的小團體裡，在氣氛緊繃的一次大戰前夕的年代裡，研究的不是當時流行的馬克思主義，而是《本性書》和《光明書》這類關於希伯來宗教的專題論文。這一群年輕人從山腳村，位在基輔的一個猶太人邊村，聚集在阿維格多爾磨坊主人的家裡，磨坊主人就是羅伯特的父親，而這一家子和隔壁施瓦爾茨曼家正好是窗戶對窗戶的鄰居。施瓦爾茨曼就是列夫•舍斯托夫⑭的老子，二十年後列夫•舍斯托夫和羅伯特在巴黎結為好友。

歷經了一次大戰和革命年代的這一群年輕人，他們當中沒有一個人成為傳統的猶太哲學家，或是信仰方面的導師。他們全部都是長於「埃皮凱列斯」，意即「自由思想」土地上

---

⑭本名列夫·施瓦爾茨曼，一八六六年生於基輔，一九三八年卒於巴黎，俄羅斯存在主義哲學家和作家。

的人。其中一個變成非常棒的理論家，而且在當年才剛起步的電影藝術裡是個小有名氣的導演；第二位是著名的音樂家；第三位是個以靈巧雙手著稱的外科醫生。他們全部都是從同一種奶水，即從阿維格多爾磨坊主人家的屋簷下，匯聚的電流奶水裡頭汲取出養分並滋養長大。

塔妮雅身邊發生的事情，照羅伯特的猜測，同他充電過多的年輕歲月一樣，只是性質不同，女兒的那種是屬於女性才有，卻是讓他討厭的特質，也是在貧窮中長大的新一代才有的觀念。

羅伯特是夫妻倆當中首先注意到塔妮雅前一天晚上來訪的客人，有時候竟然是在隔日清晨才離去。習慣早起，也維持了這項習慣一輩子之久的羅伯特，總是在清晨六點的時候走出起居室，來到自己位在陽台的工作室。他喜歡在這裡待上一日最初，按他的感受來說，也是最乾淨的時辰，就是這時他注意到從台階到圍牆側門上有一道遺留在初落白雪上的新鮮腳印。幾天之後，他又看到那道腳印，然後他謹慎地詢問妻子，昨晚她的姐姐是否有借住他們家。而索湼奇卡驚訝地回答：「沒有，姐姐安娜沒有借住……」

羅伯特沒有展開調查，因為隔天早晨他看到一個高個子，穿薄外套的年輕人穿過小院子走出去。他沒有把自己的發現對索湼奇卡洩漏半個字。而索湼奇卡常把一到晚上就變得沉重的頭伏在丈夫的肩膀上，然後抱怨道：

「她都沒有去上學……什麼都不做……學校已經盯著她罵……她那個導師……拉伊莎・西蒙諾夫娜，說了一些不好的暗示……」

羅伯特安慰她說：

「別煩她了，索妮雅，別管她了。學校那裡本來就是一副死氣沉沉，還發出令人噁心的臭味……就讓她丟掉那間庸俗的學校吧。她又哪需要那些老師呢……」

「你說什麼！你在說什麼呀！」索涅奇卡被丈夫的回答嚇了一跳。「她需要接受教育。」

「妳自己就可以教她。」丈夫打斷她。「妳別打擾她了。要是她不想上學——那就不要上。就讓她去玩自己的笛子吧，這當中所要學的可不比學校教得少……」

「羅伯特，還有那些男孩子。我實在非常擔心……」索涅奇卡終於發動膽怯的攻勢。「我覺得，他們當中有一個整晚都待在她的房間裡，所以她後來才沒去學校。」

羅伯特並沒有和索湼奇卡分享他在早晨觀察的心得，只是默然不語。

自從塔妮雅解除了鮑里斯的任務後，她便展開了街上野狗才有的自由性愛關係。全身上下滿盈著用不完精力的年輕小夥子堅持不退、打死不休地一直糾纏在她的身邊。塔妮雅和其中幾位嘗試了一下她的新休閒運動。而比較結果對鮑里斯有利——不論是滿意指數還是體格方面，鮑里斯全都勝出。

春天將臨之際，塔妮雅確定已經升不上九年級。學校裡的一堆麻煩事情根本讓人無法承受，於是羅伯特在完全沒有告知索湼奇卡的情況下，把塔妮雅的學籍轉到夜校去，而這一件事情對整個家庭，首先是對他自己都帶來了非常深遠的影響。

＊＊＊

強勢的命運曾經在某一刻裡發揮了讓索涅奇卡成為羅伯特妻子的決定性影響，現在它又降臨在塔妮雅的身上。一位學校的女清潔工，同時也是塔妮雅同班同學，十八歲的亞霞成為她迷戀的對象。亞霞是一位身材嬌小的波蘭人，有著一張跟雞蛋一樣嫩白的光滑臉蛋。塔妮雅和亞霞的友誼慢慢在倒數第二排的一張課桌上發展開來。身材高大、動作大剌剌的塔妮雅帶著崇拜的神情看著白皙得跟洗淨的玻璃藥瓶一樣透明的亞霞，然後為自己的羞怯所苦。亞霞是個不多話的女孩，總是以簡短的單音節字眼回答塔妮雅少得可憐的問題，同時擺出矜持又高傲的神態。亞霞是從法西斯進攻下逃出的波蘭共產黨員之女——奔逃途中，依據時局的旨意家人被迫分開逃亡——父親前往西方國度，而母親帶著尚在吃奶的小女娃投奔東方，意思是往俄羅斯走。但是母親很不幸，她沒能成功地融入幾百萬人口國度當中一個不起眼的一員，最後被「仁慈地」流放到哈薩克去，她在那裡漂流了十年，內心始終沒有放棄那其實是不可能離開的希望，然後就這麼死去。

亞霞則被送進當地的孤兒院，她在那裡展現了非凡的求生意志，在孤兒院那種建來彷彿是特別為了讓人的心靈和身體慢性死亡的環境中，她熬了過來，然後靠著自己最擅長從既有環境中找到有利自己條件的能力，她從孤兒院裡逃了出來。

灰色眼睛上面的眉毛提得高高地，加上一張如貓咪一般的柔嫩小嘴，讓她看起來彷彿在跟人尋求庇護似的，而她也的確找到了庇護。她所有的庇護者當中有男也有女，不過由於天性上的獨立自主，她比較傾向找男人尋求庇護，因為從很小的年紀起，她就精通於用那種不算太昂貴的肉體交易方式來和男人結清彼此的帳。

她最新一位靠山出現的時機，恰巧是在她計畫要從一間專門給孤兒院小孩唸的可怕的手工藝學校逃出的時候。他是一個四十歲、體型很胖的韃靼人拉維，一名鐵路列車員，他用火車把她載到莫斯科的喀山火車站，因為她心裡打算要在莫斯科開創自己燦爛的人生。在她格子花紋包包的左邊口袋裡有一本從校長室裡偷出來、不久前才以她名字登記好的護照，還有幾張她在快抵達奧倫堡的時候，從睡著的拉維身上取出的二十三塊戈巴契夫改革以前的舊盧布。有兩個原因讓這筆偷來的錢沒有燙著她的手：一是她從那厚厚一疊錢裡拿走的部分很少，還有就是她覺得這是她四天路程下來的付出該獲得的代價。

拉維沒有察覺亞霞在路上的偷竊，因此當他過了一天以後才發現，女孩沒有按照承諾回到車上和他一起返回哈薩克的時候，他整個心都要碎了。

而亞霞卻面帶輕易寬恕自己行為的微笑，向塔妮雅這個算是單純的蠢蛋描述接下來的經過：她先在喀山車站的公共廁所裡把灰色的鐵路毛巾放在水槽裡弄濕，然後在一群成天麕集在這個臭車站、被她嚇到目瞪口呆的亞洲婦女的面前把衣服脫個精光。她用毛巾從腳到頭好好地擦拭了一遍，然後從那個格子包包裡拿出一件用兩張報紙包著、早就為此時而準備好、領口處打有摺邊的白色上衣，趕緊把它換上，再把毛巾丟入生了鏽的鐵絲籃裡，一切就緒後，她準備好要去征服莫斯科，就從腳下第一個立足點，意即從這附近三個車站⓯圍出的那個著名廣場開始。

⓯譯註：指喀山、列寧格勒和雅羅斯拉夫火車站，這三個車站比鄰而立，都位在共青團地鐵站附近。

格子包包裡有四件內褲、一件骯髒的深藍色上衣、幾首自己親手抄錄的詩歌，還有一疊印有名演員照片的明信片。她意志堅定、感觸敏銳，但依然單純到令人難以接受：她竟然夢想成為電影明星。

當時所有擺在亞霞面前的客觀條件就是，她即將要成為一位職業妓女，但是到最後這些都沒有發生。

她在莫斯科的短短兩年裡就獲得了非凡的成就：她得到臨時居留證，還有在學校儲藏室裡的一個臨時棲身所。她在學校裡擔任清潔工，而當地督察馬利寧偶爾會順道過來「看看」她。馬利寧是一位紅臉的中年「善人」，透過他，亞霞得到這些命運扔下來的臨時禮物。馬利寧探望的時間不長，所以對亞霞來說並不會很麻煩，加上對馬利寧本人來說，「探望」亞霞也不是一件很有吸引力的事，不過馬利寧其實是一個很熱中收賄和勒索的人，只是從亞霞的身上根本壓榨不出東西來，所以只好人家給什麼，他就拿什麼了。

就在儲藏室裡這張由運動墊子變成舒適的床上，亞霞和塔妮雅訴說了自己的故事。塔妮雅把所有的話都牢記在心，並感到一股強烈的，混雜了憐憫、忌妒和對自身優渥處境感到羞愧的複雜感受。亞霞鉅細靡遺、原原本本，並且不帶絲毫情感地把自己所有記得的事情都講述出來，並意外地從旁看到自己一直以來的生活，她的內心裡因此產生一股強烈而徹底的厭惡之感，她決定從此以後永遠不再對任何人說起這段真實的往事。於是她替自己想出了一個全新的過去：她有一位高尚貴族血統的祖母，在波蘭享有領地，她還有幾位得要像鬼一樣從棺材裡冒出來才成的法國親戚……

除了儲藏室以外，學校附近還有一個可以讓她待的地方，就是俄語和文學課的老師——軍人的遺孀塔伊西雅·謝爾蓋耶芙娜所租的房子。老師對督察馬利寧偶爾「造訪」亞霞一事採不贊成的態度，但是這點絲毫沒有妨礙到她把自己幼齡孩子和洗刷的工作交給亞霞來負責。這種服務的酬勞就是，亞霞獲准可以隨意使用老師書架上面的書，而且可以不用上文學課。塔伊西雅·謝爾蓋耶芙娜其實比較傾向讓亞霞待在她家裡和小孩一塊，而不是來教室上課。

把所有事情都做完以後，亞霞躺在發出汗臭味道的運動軟墊上，把所有克雷洛夫的寓言故事統統背起來，因為如果記不得這些故事的話，就永遠別想要進入戲劇學院就讀。又或者她會朗誦莎士比亞的作品，從第一集到最後一集，用悲劇性的低語扮演莎士比亞筆下所有的女主角——從魔法師普羅斯彼羅的女兒米蘭達到配力克里斯的女兒馬麗娜。

夜校的老師們在上完日間部小孩子們的課以後，還沒到吃中飯的時間就已經累得精疲力竭，因此他們大多不太會用功課來折磨夜間部的大哥哥學生。此外，夜間部一半以上的學生都是來自附近的警察宿舍的成員，這群疲憊的年輕男子大多是在半明半暗的教室裡面靜靜打瞌睡，然後取得「及格」的成績，再趕緊繼續進修，有的學法律，有的則是在黨部裡學習……亞霞是全班唯一一位身材和課桌椅的大小高度可以配合的學生，其餘的大哥哥學生們幾乎像是卡在木頭機床裡一樣動彈不得，彷彿課桌椅是特別設計用來折磨他們似的……

動作急速、攏幅又大的塔妮雅一動起來的時候總是很吵，像一匹沒有教養的小野馬。坐下來的時候，她總是先把課桌往外一推，讓亞霞不得不把自己那顆輕巧的小臉蛋微微抬起來朝她看一下。換成亞霞的話那就不同，她從課桌起身走出來的動作根本無聲無息，她蓋上桌蓋，輕巧而溫柔地移動她的大腿，然後穿過課桌之間狹窄的走道來到黑板前，她的下半身彷彿和上半身是分離的，那隻和前腳跟得很近的後腳有一點像是在拖著，彷彿短襪裡的腳根本沒動一樣；她膝蓋移動的方式好像在頂著一件厚重的長型晚禮服，而不是一條破爛的短裙。她腰部的曲線是如此特別，讓她身體的每一部分彷彿是自行運動一般，所有這些部分——包括胸部微微的震動、大腿敏捷的移動和腳踝部分獨特的晃動方式，所有這些合併起來都不是特意的矯揉造作，而是女性身體特有的律動，它要求別人的注意以及讚嘆。

有一張大臉、三十歲、已經不年輕的警察楚里林，看著亞霞的背影一邊搖搖頭，嘴裡一邊唸唸有詞：

「真有妳的……嗯嗯嗯……」

沒人知道他的唸唸有詞到底是什麼意思——是討厭？還是發自內心的歡喜？而且亞霞的神情是如此泰然自若，警察裡面除了楚里林以外，沒人再多說什麼。

回到家以後，塔妮雅來到深夜黑漆漆的公園裡，想學亞霞的步伐來走路，並按亞霞身體的音樂律動來移動自己的膝蓋、大腿和肩膀——她把脖子拉得高高的，拖著一隻腳，還擺動大腿。她覺得她高大的身材影響了動作的靈巧度和魅力，讓她沒法像亞霞那樣，於她喟然一嘆，駝下背來。「她可能有精靈的血統吧。」塔妮雅想，然後拖著練習芭蕾腳步後的倦怠走回家去，邊走邊把她的長腳打開成外八字，還做了幾下缺乏節奏感的甩手，一會甩右手，一會又甩左手，抬抬頭，把一頭像是夜晚重霧的頭髮往後甩。常常在這深夜時刻走到公園接塔妮雅的羅伯特，老遠就認出她的步伐、特徵和給人感覺很不協調的動作，想到自己逐漸長大的女兒的充沛精力和小腦袋瓜裡的奇怪想法，他不禁笑了起來。

父女兩人都喜歡這個夜晚的公園，珍惜這種默默不語的心靈相通，兩人還背著索湼奇卡私下串通好，絕不把秘密說給媽媽聽。羅伯特這樣做是出於天性的高傲，而塔妮雅則是因為年輕不懂事，還有遺傳到父親的個性，兩人只喜歡菁英階層的心智生活的部分，至於低三下四的擦桌子、買麵包的家務事就留給索涅奇卡做就好了。

可是索涅奇卡半點不曾意識過自己命運的悲哀，也從不艷羨更高級的生活：她把鍋碗瓢盆洗得乾乾淨淨，帶著狂熱努力烹調食物，仔細對照自己用一寫就暈開的便宜墨水筆從美食家伊蓮娜・莫洛赫維茨的烹飪書上抄下來的食譜，這本書是跟姐姐借，因爲捨不得買，還有，她會用鐵桶裝內衣放在爐火上煮沸消毒、漂白、上漿，而羅伯特有時會從索涅奇卡龐大的背影後方專心地看著她那些漂白原料、碎麥片、水晶肥皂、四季豆，然後他用自己喜好譏諷的特性發現到索涅奇卡這些家務創作品當中，確實有叫人信服的藝術性、高度意義和美的存在。「有智慧，像螞蟻世界的智慧……」這個想法在一瞬間浮現，可是下一瞬間他就把自己關進溫暖的陽台工作室裡去，埋頭在他那堆粗紙、白鉛粉，和為數不多的一些可以用來進行嚴格練習的東西裡去。

塔妮雅從未介入過媽媽的廚房生活：她現在生存在愛戀的煙霧中。早上睡醒後，她還會閉著眼睛在床上躺很久，想像著亞霞，或是她自己和亞霞正處於一種讓人心醉神馳的情景中：不是她們一起騎在白馬上穿過一片青青嫩草，就是躺在快艇上……例如說是地中海的海面上載浮載沉。

對她而言，可以隨意自在而且無拘無束地使用上天賦予她的身體這一神聖的工具來和別人「溝通」一事，卻讓她覺得有些迷失了方向，在和那些身材結實的男孩子們分享肉體感官的歡愉時，她的內心卻渴望更高層次的感受，一種無邊無境的靈肉合一和相互交流。她的心選擇的對象是亞霞，還因此攪盡腦汁地想為自己的這種選擇提出一個合理的解釋。

「唉呀，媽媽，她看起來是那麼無助、輕盈，但其實卻是——非比尋常的堅強呀！」塔妮雅向媽媽聊起自己的新女友，還有她在育幼院度過的殘酷童年、逃跑、毆打和小小的勝利事蹟的時候，一直不住地讚美。事實上亞霞跟塔妮雅描述自己的故事時，出於天性中的謹慎緣故，把母親被流放、自己用孩童的身體作廉價的性交易，還有根深蒂固喜歡偷小東西的習慣全都略去不說。

可是已經說出的這一部分對索涅奇卡而言已是綽綽有餘，讓她可以感受到一個幼齡孩子所受的苦難，也猜得到隱瞞起來沒有告訴塔妮雅的事實部份。「可憐，真是可憐的女孩。」她心裡面這樣想。「我們的塔妮雅也可能遭遇這樣的事，畢竟有多少像這樣的情況都是可能發生的……」

然後她想起許多幸虧上天保佑他們夫妻倆才免於死亡的情況：像那次羅伯特被人從亞歷山大電車的車廂給摔出去的時候；當她工作的那棟樓房的樑柱倒塌的時候；當她從那間可能因為老舊磚頭而塌了一半的房間及時走出來的時候；還有她因為闌尾炎而躺在手術台上半死不活的時候……「可憐的女孩。」索湼奇卡深呼吸一口，然後這位陌生的女孩便疊上了塔妮雅的特徵……

＊＊＊

直到新年來臨之際，塔妮雅還無法說服亞霞到家裡來作客。亞霞總是聳聳肩膀，拒絕塔妮雅的邀約，可是卻一直不解釋原因。

原因在於從很久以前起，她就對無限可能的新環境懷有強烈又模糊的預感，就像一位經驗老道的上校軍官面對關鍵性的決戰，她對這一次結果尚不明確，但成功機會很高的初次拜訪正秘密而仔細地籌畫著。

她在尼基塔城門的「布莊」店裡買了一匹摸起來觸感很冷，但是眼睛看起來很灼熱，像是燒燙傷顏色的塔夫綢布料，然後每晚在深夜時分以很細小的針腳親手縫製了一件禮服——就像孕婦在獨處的寂靜當中專心一致、默默地祈求，就害怕縫衣服的這個舉動會為她尚未出世的孩子，意即禮服，招來厄運。

她在十二月三十一號的十二點來到塔妮雅家作客，在已經擺好的餐桌前坐著有巴比松派畫家亞歷山大・伊凡諾維奇、詩人加夫里林，以及有一隻鳥鼻子和青蛙嘴的導演。亞霞才只是往這群有頭有臉的人士身上掃視了一眼，心裡面就吹起了歡欣的號角，她清楚自己已經命中預感標靶的靶心。正是他們，正是這群獨立自主的熟男，才是她向前邁進、起飛和獲得完全又徹底勝利所需要的對象。

她用溫柔又感激的眼神往塔妮雅看了一眼，而塔妮雅則用閃耀著幸福和紅潤光澤的嫣紅雙頰回望著她。塔妮雅直到最後一刻還是不確定亞霞究竟是來或不來，而現在她為亞霞的艷冠全場而感到驕傲，彷彿這是她自己想出來，而且是親手畫出來的作品一樣。

亞霞的禮服發出很大的沙沙聲響，她淡褐色的濃密頭髮打理成一整片，就像是用透明膠水給黏了起來一樣，然後在肩膀處齊根剪斷，跟當年馬麗娜・芙拉紀所主演的一部名片《女巫師》裡的造型一模一樣。禮服的領口部分開得很低，把她一對相互頂來頂去的山羊乳房擠出一條柔滑的、往下延伸的乳溝出來。她的腰本來就很細，現在又特別把它束緊成高腳酒杯的形狀，在緊實的小腿肚下腳踝顯得格外纖細，而手腕關節在有一點豐腴的手臂對照下，顯得更是瘦弱。這可不是吉他式的粗魯絃聲，而是玻璃小酒杯才發得出的美妙清脆之音呀，羅伯特心裡瞬間產生如是的想法。

唯一對亞霞尤物般的美感到些許失望的是索涅奇卡，受制於先前塔妮雅所描述她那位命運悲慘的朋友的形象之累，她對於出現在她眼前的不是一個髒兮兮的灰姑娘，卻是盛裝打扮，有著一雙勾魂眼，全身透露著金髮斯拉夫美女魅力的女孩完全沒有心裡準備。

亞霞總是簡短地回答問題，眼睛始終垂得低低的，只有在輕啓朱唇，如含苞蓓蕾吐露芬芳一般，不是說出，而是吐露：「謝謝，不了，感激您，是的……」之類的話的時候，她才會把塗得很濃的眼睫毛抬起來，而聲調如死去母親一般溫柔又威儀。在她字數不多的回答裡，耳朵尖的人可以捕捉到她的波蘭腔——從那些黏在一起的「V」和「L」的發音察覺。

索涅奇卡親切地把裝著食物的盤子傳給亞霞。亞霞先是深呼吸一口，然後表示拒絕，但是最後還是吃了鴨腳，再吃了一塊肉凍，以及蟹肉沙拉。

「我已經吃不下了，感謝您。」亞霞風情萬種地、甚至有點責怪對方意味地嗲聲說，而索涅奇卡還是不能夠從自己的同情心裡釋懷：孤兒、可憐的小女孩、育幼院……天哪，怎麼會這樣呢……

亞歷山大・伊凡諾維奇開始用低沉的助祭司的聲音唱起義大利文的歌劇詠嘆調，喝醉酒的加夫里林發瘋地搞笑演出狗抓跳蚤的模樣。他翻起白眼，一會痛苦，一會舒暢地發出吸吸聲，然後又把頭拉到腋下，逗趣的模樣把大家笑得累到不行。羅伯特一直微笑著，眼鏡框架和假牙發出兩道金屬閃光。

三點的時候，塔妮雅那位熱心又賣力的崇拜者阿廖夏・彼得斯基來了，他已經初步嚐到了自己未來得以名滿天下的光榮，帶著一袋灰色的大麻草——他是最早一批迷戀上東方式飄飄欲仙之樂的人。阿廖夏絲毫不客氣地取下吉他的套子，然後就唱起憂傷中帶有俏皮、又很好笑的歌曲，並刻意裝腔作勢地扭動他雜耍演員的彼得堡式的嘴。

阿廖夏那時愛著塔妮雅，塔妮雅愛的卻是亞霞，而亞霞在這個新年之夜裡愛上的卻又是塔妮雅的家。隔日清晨，當客人皆已散去，女孩們幫忙收拾餐桌的時候，索湟奇卡把亞霞留在家裡過夜，讓她睡在已經空著的角落房間，羅伯特直到隔日早上因為到那裡去找一卷粗灰紙的時候才發現到她。

整個家裡都靜悄悄的。索涅奇卡在客人離去以後打掃完家裡，就出發到姐姐家去了，塔妮雅此時還熟睡在自己的房間裡，而亞霞因為門推開的嘎吱聲而醒過來，她睜開眼睛，一直看著羅伯特在櫃子裡頭東翻西找，小聲地咒罵了幾句見鬼的話。她看著羅伯特的背影，心裡面一直在想他到底是像哪一個美國演員。她在一本她背得滾瓜爛熟的《電影週刊》雜誌上見過同樣這張臉。可是她怎樣都記不起那位演員的姓名，不過她覺得照片上那位美國演員的襯衫就跟羅伯特現在身上穿的那件一樣，是大方格子的樣式。

她在床上坐起身。床發出嘎吱的一聲。羅伯特轉過身來。他看到索涅奇卡那件寬大的睡衣裡面露出一個短脖子，短脖子上有一顆淡色頭髮的小小頭顱。那女孩子舔著自己的嘴唇，微笑著，抓著睡衣的兩隻袖子，如果要的話，她輕易就可從睡衣領口處往下滑出來。她動一動腳，把被子踢到地板上，然後整個人站起來，於是寬大的睡袍輕輕鬆鬆地便滑落到腳邊。她踏著小孩子的步伐在剛上過蠟的地板上往羅伯特的方向跑去，把他手上好不容易才找到那一卷紙給拉出來，然後彷彿是想用自己來取代那卷紙一樣，她整個人落進羅伯特的手裡去。

「要就上，動作快一點。」這位實事求是的女妖精用不帶任何賣俏的語調說，就像平常在跟自己的那位督察善人馬利寧講話一樣。只是在儲藏室裡和馬利寧上床的她知道自己為的是什麼，但是在這裡她卻不知道有什麼利益或是好處。還有她也不知道為什麼自己要這樣做。是為了表示對這個家庭的感激嗎……還有這個男人真是像極了那個美國演員，很有名的那個，叫什麼彼得・奧圖的嗎……

至於男人是否可能對她好心的建議或感激表示拒絕，這一方面她全然沒有概念。嬌小玲瓏的她看起來就像是車床上一塊又白又溫暖、已經刨得很乾淨的木頭，她把自己白到透明的小臉蛋轉向他。

而他輕輕倚著櫃子，嚴厲地對她說：「趕快回到被子裡去，妳會感冒的！」說完後他就走出房間，完全忘了那一卷紙的事。他這一輩子從未見到過如此白皙如月、光滑如金屬一般的身體。

亞霞又回到還沒有冷卻掉的被窩裡，跟著下一分鐘裡她就再度睡著。她睡得很享受，夢裡面依然沒有忘掉這個溫馨甜蜜的家庭。索涅奇卡的那件睡袍她已經沒有穿了，衣服就貼在她的臉頰旁，發出天堂般的氣息。

而像被蜜蜂螫到一樣的羅伯特此刻正在隔壁房間走來又走去，一會瑟縮著身體，一會又搖搖頭。新年的清晨在窗外探看，可是索妮雅還沒有回來，而塔妮雅還沒有從發出嘎吱嘎吱聲音的樓梯上走下來。於是他小心翼翼地推開角落房間的門，悄無聲息地走到床邊。女孩幾乎從頭到腳整個人都裹在被子裡，只有淡褐色的頭露出一部分來。他把乾枯的手掌伸進皺成一團的溫暖被窩裡。而這雙手的介入並沒有打斷亞霞的美夢，完全沒有破壞這個美夢。亞霞轉過身子來，面對他的這雙手，於是羅伯特人生中又一嶄新而也是最後一章的新頁就此打了開來。

＊＊＊

新年的嚴冬恪守本分地在傍晚時分變本加厲起來。桌上擺著已經乾掉、算是去年吃剩的菜飯。羅伯特沒有吃。昨日的殘羹剩飯讓他覺得反胃，然後他想起自己睿智的猶太人祖先，總是把復活節過後的剩菜和剩飯燒掉，不讓食物出現像現在這種的模樣……

索湼奇卡無意義地攪動茶裡的湯匙，可是茶裡並沒有放糖，她似乎打算對丈夫說一件要緊的事，但還沒有找到合適的字眼……

羅伯特帶著一臉沉思的表情捕捉到自己一把老骨頭的骨髓裡面正發出幸福的低沉呼聲，他試著回想自己在什麼時候有嚐到過如此愉悅的經驗……並因此產生一種回憶復甦的奇怪感受……或許是在小時候曾有過這樣的感覺，當他在德涅伯河沉沉的激流裡翻跟斗翻過癮了後，他爬上曬得灼熱的透明般的沙上，把自己埋在裡面，享受皮膚甜蜜得發燙的熱沙浴……還有這感覺也很像童年時有一次茅塞豁然頓開的感覺，當小魯文，即阿維格多爾的兒子，也就是日後長大的羅伯特，有一次在深夜時分，並不是出於必要之故，他走出戶外，抬頭仰望夜空，然後他看到全世界的星子正用活潑又好奇的眼睛看著他，悄無聲息地一閃接著一閃覆滿了帶有星褶的天際披風之間，而他這個小男孩，彷彿將世界的星星線頭都握在手上，而線的另一端此起彼落地響起微弱卻尖銳的小鈴鐺聲，在這一個巨大的音樂盒中他就是中心點，而且整個世界都溫馴地呼應他心臟的跳動、每一次呼吸、血管的脈動和溫暖力量的傾洩……他脫下破爛的晚衫，緩緩地舉起雙手，彷彿在指揮著一個天際交響樂團一般……而樂音貫穿他整個人，以甜蜜的自由意志在他身體裡淪肌浹髓地流動……

可是他已經忘了，忘了音樂要怎樣演奏，只有關於它的回憶久久都沒有磨滅……

「羅伯特，就讓這個女孩在我們家住下吧。角落那間房是空著的。」索涅奇卡放下茶杯中的湯匙，平靜地說。

羅伯特用驚奇的眼神看著妻子，然後用平常聊天一聊到他不感興趣的話題時通常會有的回應說：

「索妮雅，要是妳認為這是必要的。就照妳認為必要的方式去做吧。」

說完以後他就走出了房間。

＊　＊　＊

亞霞於是住進索涅奇卡的家裡來。亞霞沉默而可愛的模樣讓索涅奇卡感到很舒服，也滿足她心底裡的驕傲感——安頓孤兒，使有所養，這可是神聖的「戒條」，好事一件。對索涅奇卡來說，隨著年紀增長，越來越明顯地傾向自己猶太人的天性，也就是歡喜又甘願地把責任一肩扛起。

在她內心裡關於星期六安息日的記憶復甦了，並拉著她回到祖先們頑固地按照規矩來過的生活，以及生活裡堅不可動搖的傳統基礎，還有那張重腳的堅實桌子，上面鋪著一條又硬又隆重的桌巾，其上置著蠟燭、自家烘培的麵包和每一戶猶太人家庭在安息日前夕都會進行的家庭聖餐儀式。可是離開了這種古老的生活方式後，她把連自己都沒有察覺到的宗教熱情投注在和肉、蔥、胡蘿蔔纏鬥的廚房生活上，耗費在準備餐巾紙和餐桌禮儀，要怎麼擺調味料的瓶架、刀架，盤子是要放左還是置右才是合乎文明的禮儀上，這彷彿是執行另一種祭典儀式，新式的、世俗文明生活的儀式。只是對此，索涅奇卡之前全然沒有意識到。

在後期算是富足安康的生活裡，家庭對她而言卻在忽然之間變得微不足道，還有，她始終為了無法達到猶太人多子的傳統要求而暗自悲傷。彷彿出於補償心理，她常跑到下馬斯洛夫卡的委託行裡，以不可思議的昂貴價格添購庫茲涅佐夫調味碗具和英國瓷盤，好像是在為將來塔妮雅的女兒的多子多產在作準備一樣。

索涅奇卡的宗教就和猶太人的聖經一樣，是由三大部分所組成。只不過她把律法書、先知書和詩文等三部的名稱換成為第一部、第二部和第三部而已。

亞霞加入餐桌的用餐行列讓索涅奇卡產生家庭成員增加的錯覺，同時也美化了吃飯的氣氛——她在餐桌上的舉止是如此自然而可愛，感覺上好像吃得不多，但事實上卻有著澆不熄的好胃口，甚至吃撐到疲累為止，這可以追溯到她小時候常常有吃不飽的陰影所致。她總是在吃完飯後把背後的椅子一推，輕輕地呻吟道：

「唉呀，索妮雅阿姨！這真是太好吃了……我又吃太多了……」

而索涅奇卡幸福地微笑著，把盛裝著她用水果熬成的果子水的矮玻璃瓶放在桌上。

* * *

就這樣過了兩個月。多虧得貓一樣快速的適應性和天生的優雅氣質所賜，亞霞不僅穩據角落的房間，還更上一層樓成為這個家庭的半個成員。

一大清早，她先跑去清掃學校粗糙不平的走廊和泥濘的更衣間，晚上和塔妮雅再回到同一間學校上課。不過有時她們並沒有到學校去，而是翹了那些無精打采的老師們沒有內容的課。現在塔妮雅和亞霞的關係比較像是姊妹，按年紀來說塔妮雅比較小，從亞霞來到她們家的第一天起，她就扮演著姐姐的角色，而塔妮雅對亞霞的愛戀也不再像以前那樣激盪而緊繃了。

兩個女孩時常耗在塔妮雅光線良好的房間裡。塔妮雅盤起腿來，採蓮花坐姿吹奏依然不很自信的笛子，而亞霞則縮成一團倚在她的腳邊，間或嘴裡發出捲舌音很重的腔，小聲地唸著已經不流行的奧斯特洛夫斯基的戲劇。她還在準備考戲劇學校。

索涅奇卡對亞霞喜愛閱讀的行為深深感動，此外她還覺得塔妮雅也會因此而喜歡這項偉大的文化活動。就這一方面來說，索涅奇卡可真是錯得離譜。

這兩個女孩子聊天的時候，亞霞通常是樂於扮演禮貌的傾聽者。她不帶興趣，甚至心裡還有些同情地傾聽塔妮雅訴說她的那些愛情經歷。作為一個朋友，她其實完全缺乏應有的熱忱，可是塔妮雅卻錯把她對自己經歷的冷漠態度，當成是和她本身豐富的人生經驗比較後所產生的反應。塔妮雅思路簡單的腦袋裡完全沒有想到，亞霞從十二歲開始，就對必須讓「男人那討人厭的東西」進入連自己也不感興趣的身體裡面一事採取超然的態度……

* * *

羅伯特對於亞霞住在在他們家裡這件事感到無奈。對那一次發生在新年清晨在角落房間裡的事，他覺得像是中邪了一樣莫名其妙，彷彿像是偷窺了別人的夢境。現在他只敢用眼角餘光去瞄亞霞，讓她那靜默不語的白皙皮膚偷偷地愉悅自己的眼睛，熔化在年輕慾望的火焰中。他完全不敢向她靠近半步，但全不是出於什麼渺小的道德約束力。燃燒的慾望屬於他，但她人不屬於他，更何況她是被索湼奇卡視作女兒的人。

他總是一連幾個小時看著窗外因為陽光照射和潮濕水氣之故不斷變換色澤的白雪，或仔細端詳瓷瓶的白色光滑側身，或盯著桌上粗面繪圖紙切割下的碎片，又或是動也不動地凝視著一度表面鏤刻的字體已經磨損得差不多的老石膏模上，那變得暗沉的白色看。

就在亞霞住進來的第二個月即將過去之際，羅伯特開始提筆畫了起來——這是在他勞改營磨練和複製無趣的動物像的二十年後的首次動筆。

跟著便是一張接著一張靜物畫作品的出現，畫裡展現出羅伯特對白色的本質、形式和遵循繪畫原始風格的深度看法，白色的搪瓷罐、白色的方格毛巾、玻璃罐裡的牛奶都是他思想的音節和語言，還有所有從一般人角度看來是白色的東西，在羅伯特來說，卻是通向某種神秘和理想的追尋的痛苦道路。

有一次，當隆冬已經移開腳步，彼得羅夫斯克公園壯麗的白雪世界萎頓並瑟縮起來時，一大清早他們兩人不約而同出門走下台階：羅伯特帶著兩個畫布框架和一卷牛皮紙，而亞霞帶著一只紅色的布面皮包，裡頭胡亂塞進兩本夜校課本。

「幫個忙，幫我拿一下。」他帶著某種似曾相似，卻一閃而逝的混亂感受把紙卷塞進她的手裡。

亞霞在羅伯特調整提框架的姿勢時，趕緊接住那一卷紙。

「要不我幫你把紙帶過去。」女孩家眼也不抬地提出建議。

他沒有說話，而她抬起頭來，於是頭一回，在他們兩人同住一個屋簷下的日子裡，他尖銳的眼睛對上了她平靜無波的雙眸的正中心。他點點頭，而她順從地把頭低進毛茸茸的圍巾裡，跟在他的身後，像受蠱惑一般踏著小孩子穿的橡膠靴跟著他的腳印走。

整整不算長的路上他都沒有回頭。就這樣，他們像鵝群走路一樣地來到一棟高樓的入口，裡頭長長的走廊裡、一扇門跟著一扇門的房間裡，藝術家們正勤奮地像辦公一樣地在創造體面的、領有酬勞的社會主義藝術，然後隨著時間過去又把這笨重的思想廢料帶出到淒涼的走道間……

他把背靠在一座紀念碑的花崗石側面上，笨拙地用腳抵住門，讓亞霞先進房裡。就在房門關上的那一剎那之間，他感到一陣強烈的、轟隆隆的心跳聲，可是不是在他的胸腔裡跳，而是在肚子深處的某一點上。跳動聲往上走，像太陽躍出地平線，海潮聲灌滿頭部、太陽穴，甚至手指指間。他把框架放下，從亞霞手裡接過紙卷。就在這時，他想起這異樣的感覺發生在是什麼時候的事了。

他微笑起來，把手放在她受潮了的圍巾上，而她則勇敢地解開自己外套上的大釦子，這可是她花了好幾個夜晚，用舊的方格毛毯，和索湼奇卡一起親手縫製的。這一年突然流行起這種大釦子。所以亞霞的裙子，還有上衣也是，都縫上一排棕色和白色的釦子，而她在脫下大衣的時候，表情嚴肅、若有所思地把釦子一顆一顆地從縫得很漂亮的釦眼中解開來。

心跳聲已經達到警報作響的階段，溢滿在微血管裡所有的角落，理智在瞬間失去作用，而在盲目的寂靜當中，她坐到一張壞掉的扶手椅子上，盤起繃緊的腳。然後她鬆開頭上用橡皮圈紮得很緊的頭髮，開始等待，等待他從發愣的狀態中回神過來，並把握這一個她不會後悔的小機會……

從那天開始，亞霞幾乎每天都跑到工作室來。他們之間的愛情既熾熱又怪異地無聲無息。通常都是她過來，坐到那張命定的扶手椅上，然後解開頭髮。而他則把茶壺放到爐子上，煮一壺濃茶，在琺瑯杯裡放入五顆方糖——受育幼院記憶的影響她無論如何都對甜食沒法饜足——然後再把白色的搪瓷罐放在她的面前，因為她不僅喝茶的時候放糖，嘴裡面還要嚼一顆方糖。

當她慢慢地啜飲著自己的糖漿時，他則是久久地凝視著她，一直思索著她那無瑕的潔白膚色，在一面刷上無光澤白漆的空盪牆面背景下，發出比彩虹還要耀眼的亮光。還有反射在她泛著玫瑰紅色澤，但依然顯得白皙的手上的琺瑯杯的亮光，還有方糖塊的結晶直角，還有窗外灰白色的天空——所有這些一系列漸層的色譜睿智地爬上她蛋白色的小臉上，如此不可思議的潔白、溫暖和生動，而臉是最主要的基礎，一切都是由此開始、發展、演變，並歌唱出白色的生與死的秘密。

他欣賞著她，她感覺到了，並在他注視的眼底下飄飄然起來，消融在小小的女性驕傲中，陶醉在自己無人能擋的魅力裡，因為她知道：只要她對他說出那句不知羞恥的孩子話：「要不要來上我？」他肯定是點頭，並把她拉到鋪著舊毯子的長沙發上，可是她又拒絕他，這樣他就會睜大著眼睛瞪著她看，可憐的傢伙，傻瓜，好特別的人，而且這麼瘋狂地愛著她……

「瘋狂。」她輕輕跟自己重複這個字，得意的微笑輕輕牽動了她的唇，於是他感覺到她有些愚蠢的勝利，可是他依然癡癡地看著她，直到她說：

「唔，好啦……我走了……」

他從未問過她任何事，而她也從沒有和他說過自己的經歷，也沒有這項必要。他對她無盡的依戀正如她想要時時待在他身旁一樣，無須任何言語的確認。由於他的存在，她感覺自己已經完成了自己臆想的事業：她是一個有錢、漂亮又自由的女人。所以戲劇學校已經沒有去唸的必要性。

四月中旬起他開始繪製她的肖像畫。一開始只有一張臉、一只茶壺和白色的花朵，然後是另一張肖像。跟著是一系列白色臉龐的形成，一張臉進入另一張臉的陰影中，然後又重新顯出，而所有這些臉彼此之間都以一種樂觀又透徹的方式相聯繫。

羅伯特畫得很快。亞霞靜靜地待在他的身旁，對藝術家而言這是很重要的事，儘管這不是寫生畫。他彷彿將她吸收進自己的身體裡去，所以現在他只需朝自己的密室裡望一眼就夠。他整個白天都在工作，越來越多的時間他都是耗在工作室裡。以前他喜歡一大清早到這來，現在則是常常留在這裡過夜。

就在這段期間，當羅伯特對家庭的依戀減少，他生活重心越來越移到工作室去的時候，工作室溫呑地、像撮合男女好事一樣地接納了這對沉默的情人後，此時家的上方卻是烏雲罩頂。

整個他們這處不大的村子確定了要被遷拆的命運。這件事談了好多年，一直不斷被討論，但始終沒有定案，可是就在一個風和日麗的日子裡，隨著一紙語意模糊——房屋拆除與居民遷移決議的公文到來，這骯髒事就這麼成真了。命令不是如往常一樣由官員親自傳達，而是透過郵局作業寄來，而且是在大白天的時候，已經過了早晨郵件分寄的時間，索涅奇卡才在信箱裡頭發現到這一封惡毒的公文。

索湼奇卡把公文緊握在手指裡，然後跑到工作室裡找丈夫，通常這地方她不會來，謹守著丈夫嘴巴沒有說、但作妻子的明白他意思的禁入令。羅伯特一個人在工作室裡面工作，索湼奇卡坐在那張一動就要壞掉的扶手椅子上。丈夫則一語不發地坐在她的對面。索湼奇卡看著油畫上有著輪廓不鮮明的白色眼睛的女人，這時她才明白，誰才是真正的白雪皇后。而羅伯特也了解到她弄明白了。兩人於是都沒和對方說話。

索湼奇卡沒出聲地坐了好一會，然後把令人悲傷的通知放到桌上後就走出工作室去。她一直走到樓下大門的時候，才因為激盪不已的心情停下腳步。她以為四周應該是大雪紛飛，實際上卻是五月天裡百綠千青的花草樹葉，如一團一團毛絮翩翩翻飛，而這青青草綠彷彿是在呼應有軌電車發出的綿延不斷的顫音。

她走回自己的家，她最愛的、幸福的家，卻不知為何要被推土機給輾平，於是淚水沿著她臉頰上長長的皺紋滑落下來，乾枯的嘴唇則發出喃喃低語：

「這應該是很久以前就發生的事，很久以前……我卻一直以為，不可能有這樣的事……不可能……」

就在她走回家的這十分鐘裡，她意識到她十七年幸福的婚姻生活就此結束了，沒有人屬於她，不管是羅伯特——他什麼時候又曾屬於過什麼人呢？——不管是塔妮雅，她根本和她就是完全不一樣的人，可能是像到爸爸那一邊去，或是遺傳到祖父，但就是不是她索涅奇卡羞怯的品種，就連房子也不屬於她，深夜時分當她聽到房子哼哼唉唉的嘆息聲時，總感覺像是老人家意識到年歲老去後越來越不像是自己的衰敗身體……「這真是公平呀，這麼一個年輕漂亮、溫柔纖細，在特別和平庸方面都配得起他的姑娘陪在身邊，生活的智慧何其睿智，在老年之際贈予他這樣一個奇蹟，讓他得以回復他生命中最重要的事，回到藝術的懷抱裡……」索湼奇卡想。

她回神的時候感覺自己內心一片空蕩蕩、輕飄飄的，耳邊不斷聽到近似透明的響聲，她走到書架前，從架上隨意抽出一本書，然後坐下，打開書的中間頁。正巧是普希金的《鄉村姑娘》。女主角麗莎正要出來用午餐，她臉上的白粉一直擦到耳朵上，眉毛畫得比約克遜小姐還要粗黑；而男主角阿列克謝・別列斯托夫正假裝一副心不在焉和若有所思的樣子

——就這幾頁內容裡完美的遣辭用字和高尚氣度的體現，照亮了索湼奇卡，帶給她平靜的幸福感受。

＊　＊　＊

經過好幾天的收拾，索湼奇卡終於把東西都打包好，用舊的紙菸箱把鍋碗瓢盆和毛巾都裝好，並感到一種盛大宏偉的心情：她感覺她把過去經歷的生活都保存妥善了，在每一個包裝好的箱子裡都安置著她幸福度過的分鐘、時日、黑夜和歲月，於是她溫柔地撫摸著這些硬紙箱子。

袖手旁觀的塔妮雅冷漠地在屋子裡面走來走去，東碰西摸一下從原本的位置移了開、而且好像是自己走動過去的家具。櫃子上的小門也出人意料地自己打開，椅子也都倒過來放。

塔妮雅沒有幫媽媽收拾家裡。她一向只忠於自己的感受，她現在正陷入對這個家裡面所發生的一切都覺得厭惡的感受裡。

另外還有一個讓她深感苦惱的狀況：孤僻的她，帶著那始終說不完的話，在亞霞面前把自己的雜亂無章的心路紋理毫無保留地傾訴出來，而亞霞帶著她一貫聰慧的沉默態度，讓塔妮雅把她視作是自己唯一的談心對象，一個關心她、幫助她，但不會干涉她決定的好友，可以接受她所有膚淺至極的生活經歷。在她們兩人的交談中，其實大部分時間是塔妮雅自己一個人獨白，她學會收攏自己紛亂的思緒，清楚分辨做事的方式，這一切讓她獲得非常大的滿足感。

她的其他朋友，其中最傑出的就屬阿廖夏和瓦洛佳，這兩人以其如汪洋般的天分、出類拔萃的才華，以及和塔妮雅關係匪淺的特殊交情，總是強勢地把她拉進他們獨特的、充滿誘惑的世界裡。只有亞霞留給她獨立思索的空間，讓她自己來評論，用感受的方式從那些微不足道的小事裡面選擇，而從這些小事裡，人自由任意地組成自己生命中最初的素描，再從這幅最初的素描中發展日後的生命圖案。這些正是讓塔妮雅對亞霞產生至親之感和隱約的感激的主因。

不過在塔妮雅偶爾從自耽自溺的情緒中清醒過來時，她亦察覺到亞霞似乎另有個人的生活。可是所有她嘗試想得知這一個被亞霞珍藏在內心的日常生活空間——不是學校生活，也不是家庭生活的部分，都在亞霞溫柔閃避的沉默或是模稜兩可的話語中被一個軟釘子給碰了回去。第一個從塔妮雅腦中冒出的想法就是——神秘戀情，這讓她產生一個焦慮的問題：對象是誰？

問題的答案是在一個偶然的情況下解開。塔妮雅在地鐵站附近遇到了父親和亞霞，於是她成了這一幕難以置信的場景的見證人：他們兩人邊走邊吃冰淇淋，還有說有笑。冰淇淋大滴大滴地落下，而羅伯特幫忙把這些白色黏糊糊的冰淇淋從亞霞臉頰上擦拭掉的手指動作，讓塔妮雅這位手指觸摸專家忍不住因為一種全新的、在她而言完全不熟悉的醋意而全身發顫。

不管是母親身為女人的權益，或是道德規範的考量，都不是造成塔妮雅不安的原因，困擾她的只有一件事——就是她被蒙在鼓裡，她對戀情本身不感興趣，但她十分在意把事情卑鄙地隱瞞不說……

塔妮雅和亞霞吵了一架。亞霞內心對這件事遲早被揭露已有準備，於是立刻打包，從雕花台階溜下去走人，留下塔妮雅一人在悲傷和不解之中。她一直以為，她和亞霞的關係勝於亞霞和任何男人的戀情……

羅伯特在這段時間裡正在拆他自己做的多格架，所以沒有立即發現到亞霞的離去。

終於到了搬家的那一天。在耀眼的夏日陽光照射下，那一組用得破舊了、卻是如此舒適而合用、想當初還是懷著尋找的熱忱在耶穌顯容市集上買到的家具，現在卻顯得如此寒酸。所有家具都裝上帶篷的貨車上，運到陰沉沉的利赫柏力地區的一間三房公寓，房子本身真是簡陋至極：單薄的牆壁，又小又窄得讓索涅奇卡的手肘都伸展不開的廚房，還有一間尚未完工的浴室。

在詩人加夫里林的協助之下，羅伯特把家具擺好。每一件東西都在頑固地抵抗，彷彿心不甘情不願地被安置在新位置上，而且每一件家具好像都多出一角而不得不豎起來放，硬是差了那幾公分的空間。羅伯特不得已只得拆掉一面隔板牆，才能把一個體積並不大的單門櫃釘在兩扇窗之間的牆面上。塔妮雅差點沒趴在一口上了鎖的大箱子上哭起來，那箱子有一個凸出的蓋子，模樣與新環境顯得格格不入。

索涅奇卡讓人把塔妮雅的沙發床和亞霞的床鋪放在一間靠近走道的房間裡，然後說：

「這就是閨女房了。」

被索涅奇卡請來幫忙搬家的亞霞豎起了耳朵，維持警戒狀態。她怎樣都不能夠明白，到底發生什麼事才要搬家。而事實上對她而言，明不明白原因也不是那麼重要的事。她寶貝的不是這個家，是另一件東西。而她認為，她已經把那最主要的東西握緊在手上。

索涅奇卡不知從哪裡拉出一只棕色的大包包，從那裡頭拿出桌巾和餐巾紙、冷掉的肉餅和保溫瓶裡的冷雜拌湯。

索涅奇卡如往常一般在亞霞的盤子裡放上一塊很好的肉。亞霞感激地露出微笑。她對索涅奇卡感到驚奇。「難道說，她其實狡猾得很？」亞霞腦子裡這麼想了一下。可是內心裡她知道，這不是事實。

飯吃到一半的時候，塔妮雅忽然舉起手肘，放聲大哭了起來，頭髮和胸部也劇烈晃動，之後她又歇斯底里地大笑不止，可是當這一陣突如其來的情緒爆發中止後，她滿臉又是淚、又是水地宣布，她要立即前往彼得堡去。

亞霞把她帶到那間剛宣布為閨女房、可是注定永遠不會是「哪個」閨女的臥房去。她們兩個躺在亞霞的床上。亞霞拉下髮帶放下厚重的馬尾，然後兩人完全和好如初，互相撫摸對方的頭髮。

然而塔妮雅還是沒有改變離開的心意，就從那夜起，她便前去投靠她那位抽大麻煙的彈唱詩人去了。

而羅伯特和加夫里林還有亞霞，則一塊兒到馬斯洛夫卡村去，把家庭成員一一送走以後，在利赫柏力的第一個夜晚索涅奇卡就只有一個人待在家裡，她滿懷憂愁想著自己瀕臨瓦解的人生、突如其來到措手不及的孤獨，然後躺到通道間那張還沒有清理的沙發上，從一疊打包綁好的書堆裡隨便抽出一本席勒的詩集來，就這麼一直讀到天亮——有誰會因為看這樣的書而睡不著呢！——然後又看了《華倫斯坦》，她就這麼心甘情願地獻身於「文學毒品」裡，從青春少年時期就一直沉浸其中的世界。

* * *

不顧索涅奇卡的建議，羅伯特完全不想要丟下她一人。他固定在星期六和周日間有一、兩次一定會回到利赫柏力的家來，每次都會帶安靜的亞霞一塊來，然後亞霞就在那間閨女房忙著準備學校的東西，挑挑選選自己的和塔妮雅的衣服和紙張，而羅伯特在這段時間裡把窗台換成比較寬的樣式，把書架加強固定，把多格架鋸開，分做成兩個架子，再掛上塔妮雅的肖像。

然後三個人一塊在分配給索涅奇卡使用的中間房裡用晚餐，聊一聊塔妮雅，她在彼得堡已經一個月了，卻還是拒絕回到這個可憎的利赫柏力來。

一直到深夜才各自睡覺去。亞霞在閨女房睡，羅伯特在靠近大門的一間歸給他個人使用的房間睡，而索湼奇卡重重地倒進沙發上，滿心歡喜地入睡，因為羅伯特在這裡，隔著一面薄薄的牆，在她的右手邊，另外左手邊則睡著纖細又漂亮的亞霞。唯一的遺憾只有塔妮雅不在身邊……

隔天早晨索湼奇卡把前晚的沙拉、肉排和希臘米粥裝在罐子裡，把開口的部分緊緊包好，然後放進棕色的包包裡去，再交給亞霞：

「謝謝，索妮雅阿姨。」亞霞垂著眼睛道謝。

在亞歷山大．伊凡諾維奇生日的那天，羅伯特叫索湼奇卡先到工作室來，再一起去慶生地點。這是他們成家以來第一次的家庭出遊。亞歷山大．伊凡諾維奇，一個打娘胎出生後就是童男和修道士命的人，這一輩子從不知道什麼叫和女性調情，也不知道自己因此在這個嗜好八卦的社會裡被懷疑是犯有其他更可怕的罪惡，所以他是當天所有人裡面唯一一個以平常心接待羅伯特三人行的人。

其他的客人，尤其是搞藝術的女士們，表情淫蕩地躲在角落邊討論起三角關係的形成，然後像發了的麵團一樣，越說越過火。栗色頭髮、有一點精神耗弱的瑪格達麗娜十分為索湟奇卡抱屈，甚至連偏頭痛都開始發作。可是所有這些全都是白費心機：索湟奇卡因為羅伯特帶她一起出席而高興得不得了，對他的忠貞也感到驕傲，所謂忠貞，在索湟奇卡看來，已經表現在丈夫對外顯示和她這個又老又醜的糟糠妻子的關係，於是她大大稱讚起亞霞的美貌動人。

應亞歷山大·伊凡諾維奇的要求，索湟奇卡半擔任起餐桌女主人的職責，負責替客人夾放買來的菜餚，然後她想起亞霞一直都有的胃痛毛病，便附在她耳朵旁小聲說：

「孩子，我覺得這些肉餡菜捲有一點沒煮熟……妳吃的時候小心一點……」

有幾位太太已經準備要責備索涅奇卡的虛僞做作——處在這麼不利於她的三人行組合中，索涅奇卡的若無其事看起來卻是讓人心痛；另外有些人想要同情索涅奇卡，並譴責羅伯特。但是最後這些都顯得不可能，因為他們三個就像是一家人的模樣，氣氛融洽地坐在桌前：羅伯特坐中間，他右手邊坐著比他高出半個頭的索涅奇卡，而左手邊坐著亞霞，一身白皙皮膚，手指上戴著閃爍發亮的小鑽戒。

很難想像像羅伯特這樣的人會跑到珠寶店裡買鑽戒給自

己的小女朋友。可是得說句公道話，亞霞生來就是一副楚楚可憐、讓人心生保護之心的模樣，對這樣的女人你就是會想在她的手指上戴上寶石，在她的肩膀上披上皮草……

羅伯特自己也不會讓外人，也就是說他的朋友們有機會在他的太太們之間作出選擇，或是表達同情、責備跟不滿的可能。

晚上的時間就這麼一分一秒過去了。微醺的加夫里林表演起垂死天鵝的動作，然後又模仿列寧，應觀眾要求又再次表演——全部人都熟悉得不得了的狗抓跳蚤的樣子。在這之後是猜字謎遊戲，題目是幻影在哪裡出現，那個不只是飄來盪去，而是在全歐洲，由三位最胖、裹在粗麻布裡的女士所組成的六角母牛身上爬行的那個幻影是在哪裡出現。

慶生會節目一進入到此，所有人立刻想起塔妮雅，因為她最會玩猜字謎遊戲，而幾位最具觀察能力的女士這時開始互相看來看去，露出「好可憐的女兒呀！」的表情。

好可憐的女兒此時正窩在男朋友阿廖夏位在彼得堡瓦西里島上可愛的巢穴裡。彼得堡現在正是白夜，塔妮雅天不怕地不怕、勇氣十足地準備要認真演奏些曲子。他們兩人正愛得難分難捨，四隻眼睛觀賞著瓦西里島的景緻，而且阿廖夏驚訝地發現，塔妮雅待在這裡絲毫不會干擾到他那從不按計畫而過的隨意生活，甚至還算是幫助他脫離「大鍋湯」的生活，這是他對大眾公認的正常生活方式的鄙夷稱呼。

在亞歷山大・伊凡諾維奇慶生會後幾天，索湼奇卡坐火車到列寧格勒⑯去看女兒，她在社區庭院裡等了她大半天，然後和塔妮雅及阿廖夏在書本、唱片、剩菜剩飯和空酒瓶堆得山一樣高的桌前坐了四十分鐘，喝完了茶，便搭夜班火車回去了，行前叮囑女兒多打電話回家，然後留了錢才走。

在火車上索涅奇卡一路沒睡，心裡想著，她的女兒和丈夫的眼前正開展著多麼燦爛的人生，兩人的身旁綻放著青春的花朵，可是真可惜，在她來說這一切卻都已經過去，可是自己又是多麼幸福，曾經她也擁有這一切……她像老年人一樣搖晃著頭，像順著車廂的輕微晃動似的，這個動作預示了她在二十年後才出現的神經抽搐的徵兆。

---

⑯譯註：這是彼得堡在蘇聯時期的名稱。

＊＊＊

冬天又再度降臨。女孩子們本來應該結束中學課程，但兩個人全都放棄。塔妮雅整個冬天都按著固定的路線來來回回。她總是和阿廖夏吵架，然後就跑回家，可是利赫柏力的家又讓她傷心，於是她只得又回去她最愛的彼得堡。

羅伯特整個冬天都在繪畫。他消瘦得非常厲害，可是在一直瘦下去的過程中，臉龐卻變得和藹起來，對任何事情開始以比較柔和的態度視之。而他那位嬌小的同居者還是靜靜地待在他的身旁，只是不時地把糖果紙弄得簌簌響，或是讓廉價絲綢沙沙作聲——她一直不斷地給自己縫製各種顏色、但是款式相同的連身洋裝，縫衣針微微閃耀，要不她就是在翻波蘭雜誌。

那段時間裡波蘭風普遍流行起來。從那裡傳來在飛越東歐領空時有點過重的西方文明的任性孩子。

這一段期間裡亞霞忽然不再隱瞞自己的波蘭出身，而且原來她完全記得小時候和媽媽談話時使用的兒語。羅伯特除了會講公認的歐洲語言外，他還知道波蘭語，而這一種迷人的、重捲舌音、又甜甜膩膩的語言可讓他們兩個人的話匣子都打了開來，就像以前羅伯特說給索妮雅聽，現在他講給亞霞聽，講些小故事，一些可笑的、不可思議、又可怕的遭遇，而這也是他的生活，儘管只是用嘴巴表達，可是這是截然不同的生活，彷彿把索涅奇卡已經再熟悉不過的生活故事再加上括弧標注一樣。

亞霞又笑又哭又叫著：「耶穌馬利亞！」——語氣裡既感驕傲，又表讚嘆，她是那麼的開心，甚至還學會感受一些愉快的感受，那是她之前所不能想像到的事，即便她和男人的關係開展得很早而且又很久。

而他依舊凝望著她不朽的白頸子、臉龐鮮嫩的皮膚、細細眉毛下白色的毛髮，然後想著年輕母親的珍貴，還有俄羅斯唯一一位天才說過有關完美形式的話——「不予人鋒芒畢露之感……⑰」。

⑰譯註：這句話出自托爾斯泰《戰爭與和平》之中，原文是「她（指娜塔莎·羅斯托娃）不予人鋒芒畢露之感，她充滿感性。」

羅伯特的繪畫工作獲得非常豐碩的成果。他不得不在工作室的天花板下搭一個擱板出來，因為畫框已經沒處可放。他已經結束白色系列的畫作。在他看來，畫作並沒有任何新發現的部分。他只是把已經翻動的土再掘鬆開來，其實光就這點來說意義也並不小，只是那能夠被發現到的秘密本身卻是從指間溜掉了，只留給他曾經接近到的痛楚，以及一位迷倒眾生的美的代言人，她克服了他的疲累、老年和肉體上的衰弱。對老羅伯特而言，不朽的愛情作品從不曾是負擔。

四月底一個融雪、潮濕的夜半時分，他緊緊抓住亞霞的肩膀，沉沉地把顫抖的頭埋進硬邦邦的枕頭裡。

直到亞霞意會到他將要死去的時候，時間已經過了好一會。她跑到走道上，在羅伯特工作室的前面還有七間房。通常藝術家都不會住在這裡，很少有人會想留在這裡過夜。她猛拉隔壁兩間門的把手，然後從四樓跑下，來到管理員房間的電話旁。

一位辮子已經放下來的老太太一眼看到全身光溜溜的亞霞時低低尖叫了一聲，可是亞霞一把推開她：

「叫救護車，快點……救護車……」

然後她用顫抖的手撥下號碼。

當醫生到來的時候，羅伯特已經沒有呼吸。他腹部朝下趴著，變黑的臉埋在枕頭裡。亞霞怎樣都無法把他翻過來。

死亡的情形已經非常明確。

「是腦溢血。」一個肥胖、讓人覺得很不舒服的醫生口齒不清地說，他身上散發著酒氣和噁心食物的味道。跟著他寫下停屍間的電話。

抬著嘎吱嘎吱像要解體的擔架，護理員往樓下走去。

「一個老先生，死在女人懷裡。還是年輕的女人……」兩人中的一個說。

「那又怎樣？總比在醫院裡腐爛掉要好吧。」另外一個回應。

＊　＊　＊

利赫柏力的家沒有電話。亞霞到的時候，索涅奇卡正準備喝一杯早晨的咖啡。索涅奇卡微微顫抖著頭，兩手抱住亞霞，把她拉向自己，兩人就在玄關處哭了好久。

之後她們一起來到工作室。羅伯特的屍體已經運到停屍間去了。工作室裡一片死寂又可怕的凌亂，是在醫生和運屍人員兩組人馬造訪之後形成的，索涅奇卡和亞霞趕緊進行清理。

索涅奇卡從沙發床上取下讓人難為情的內衣褲，並把它們藏在自己的包包裡。跟著打電話到列寧格勒給塔妮雅，但是鄰居說，她和阿廖夏出城去了。亞霞一直握著索涅奇卡的手，像個小孩似的倚靠著她。她只是一個孤兒，而索涅奇卡卻是一個母親。

女看門人已經熱心地把老羅伯特難堪又丟人的死亡消息告訴所有有興趣聽她八卦的人知道。隔壁間的藝術家從中午開始就陸陸續續來到羅伯特的工作室，帶著他們認為在這種情況下是合適的東西：像是鮮花、伏特加，還有錢……

大眾觀感還順道形成：對羅伯特大家都感到惋惜，對亞霞則是厭惡入骨又鄙夷至極，至於對索湟奇卡的觀感卻複雜多了，像是在期待她什麼，並帶著興致，不過全然是同情的興致觀望她。

一直到很晚，當工作室裡只剩下親朋好友的時候，索湟奇卡在平靜無淚的哭泣之後忽然堅定地說：

「請把喪禮的會場盡量佈置得寬闊一點。我希望那裡能安置得下棺材，還要能把這些畫都掛起來。」然後她朝上指著天花板下放著畫布框的擱板。

亞歷山大・伊凡諾維奇和加夫里林先互望了一眼，然後點點頭。

事情就這麼定了下來。

藝術基金會撥出一間大廳供喪禮使用。出殯的前一天大夥忙著把畫掛起來。它們總共有五十二幅。索湼奇卡負責擺設的工作，實在也沒有比她更適合的人選了。忽然間太陽不知打哪探頭進來，那光線刺眼地明亮，妨礙人們做事，甚至干擾到索湼奇卡的工作。油畫折射著光，發出亮點，索湼奇卡只得要求把公家制式化帶褶的厚簾子拉下來。這才順利把畫一一掛上。然後再把簾子拉起來。太陽此時已減弱了它的威力，而會場的畫恰恰都擺在該擺的位置上。就算羅伯特自己來做，也不見得比索湼奇卡做得要好。

隔天從將近中午十二點開始，人群逐漸匯集。完全超乎想像，竟會有這麼多人來參加喪禮。有許多是年紀很大、德高望重，一輩子專門畫典禮節慶用的肖像畫，畫出滿手的繭，並贏得幾枚蘇維埃獎章的老先生；或是一些中年人，屬於謹慎小心的新潮流一派；還有就是不被蘇維埃藝術家協會接納進門，被協會稱為藝術流氓、扒糞者和搞前衛藝術的破爛貨之類的藝術家。

這一場死後的畫展不開放評論，就是羅伯特自己也從不讓別人來評論自己的東西。

大廳中央放置著棺材。死者的臉發黑，彷彿被熔過一般，只有擱置在胸前的雙手閃耀著冰雪一樣，被羅伯特稱之為溫柔白的純白色。

亞霞穿著黑絲綢連身洋裝倚在高大又邋遢的索涅奇卡身

上，從她的手後方偷偷看，就像小鳥躲在企鵝媽媽的翅膀下一樣。塔妮雅沒有出現，怎樣都沒辦法在歡樂的中亞地區找到她，阿廖夏和她跑到那裡去尋找所謂綠色牧場去了。

所有的閒言耳語，所有這次死亡的爭議討論都只留在衣帽間裡，一走進這間肅穆的會場裡，就連對八卦消息見獵心喜到把人生香活剝的人都靜默下來。人們陸續走到索涅奇卡面前，笨拙地講一些節哀順變的話。而索涅奇卡稍微把亞霞推到自己前面，千篇一律地回答：

「是的，這樣大的悲傷……我們遭遇的是這樣大的悲傷……」

提姆勒帶著年輕情人一塊來向老友告別，他用哀傷的細微聲音說：

「真是太美了……利亞和拉結⓲……而他從來都不知道利亞是多麼的美……」

＊＊＊

上帝賜給索湼奇卡在利赫柏力公寓裡一個漫長的人生，漫長而且孤獨的人生。

塔妮雅逐漸地算是嫁給了阿廖夏，從他那裡取得了列寧

⓲譯註：舊約聖經的故事，利亞和拉結是姐妹，同爲雅各之妻，但是雅各愛的是貌美的拉結，不過利亞爲雅各生下孩子。

格勒城市居留權作為聘禮，成為彼得堡市民。這個城市充滿魔力但其實很不溫柔，住在這個城市裡的只有驕傲又獨立的人。塔妮雅的天分發展得很晚。已經過了二十歲才發現到，她或許有可能對音樂擁有天分，對繪畫也是，對任何不小心落入她眼底的事物她都有天分。她毫不費力就學會了法文，然後是義大利文和德文——只有對英文她懷著厭惡——然後四處跑來跑去，到七〇年代中期，她已經和阿廖夏，還有兩任為時不長的丈夫都離了婚，然後手上抱著六個月大的兒子、肩上掛著一只皮包離鄉，但不是移民以色列。她在很短的時間裡在聯合國獲得一份非常好的工作，這其實是多虧了她那位有著全世界聲望的父親之助。

亞霞有幾年的時間和索涅奇卡一起住在利赫柏力的公寓

裡。索湼奇卡溫柔地照顧著亞霞，懷著對上天安排的命運誠心誠意的感激，能在她親愛的丈夫羅伯特老年的時候帶來美麗和安慰。

亞霞又重新燃起進戲劇學校的念頭，不過還是懶洋洋的提不起勁準備。她和索湼奇卡心甘情願地做些手工編織的活，有時替塔妮雅織件非常特殊的毛毯衣，有時則是按訂單縫製衣服，不過最主要的生活方式還是兩人一塊坐著，一杯接一杯沒有節制地喝著黑咖啡，並搭配著索湼奇卡做的蜜糖餅吃。亞霞逐漸憔悴起來，於是索湼奇卡只好背著亞霞，主要是借助通信方式尋找亞霞在波蘭的兩位阿姨和祖母，她們根本不是什麼貴族身分，只是再尋常不過的老百姓而已。待索湼奇卡一切準備妥當，亞霞離開了索湼奇卡前往波蘭，在那裡實現了童話故事裡才有的標準情節：她嫁給了一位漂亮、年輕又有錢的法國人。現在她住在巴黎，住處就在距離盧森堡公園不遠的地方，以前羅伯特的畫室就在那裡，只是關於這些亞霞自然是一無所知。

至於索涅奇卡在彼得羅夫斯克公園的家，已經全部搬光，只剩滿地的碎玻璃，還有少年縱火留下的些微痕跡，好多年下來就這麼殘破不已，而且乏人問津。裡面只有流浪狗和流浪漢逗留。還有一次在那裡發現了一具被人殺死的屍體。

然後屋頂終於塌了，這真是讓人無法理解，何以需要如此匆匆忙忙地把根本人煙稀少的郊區住戶給驅離。

羅伯特那五十二張白色主題的畫散落在世界各地。只要每一次重現在現代藝術拍賣會上總是引起收藏家血脈賁張的情緒。至於羅伯特以前在巴黎時期的畫作已經達到難以置信的價格。這一類的作品非常之少，總共不過十一幅而已。

身材肥胖、上唇蓄著又密又長的鬍鬚的老太太索菲雅·約瑟夫娜（即索涅奇卡的名字和父名）住在利赫柏力的公寓裡，在一棟赫魯雪夫式五層樓房的三樓上。她完全不想搬到自己歷史的祖國⓳，在那裡她的女兒已經取得公民資格，也不想移到女兒現在工作的地點瑞士去，甚至也不想去丈夫羅伯特最愛的城市巴黎，那裡她的第二個女兒亞霞一直要她過去。

⓳譯註：指以色列。

索涅奇卡的健康狀況持續惡化。很明顯的，帕金森氏症已經出現。書本在她手中不斷地晃動著。

春天的時候她都會到沃斯特粱科夫墓園一趟，在丈夫的墳上種一些怎麼樣都無法適應俄國水土的白色花朵。

一到晚上，她就在她那隻梨形鼻子上戴起瑞士製眼鏡，然後隨著腦海思路走入甜美的書本世界的深處，走進幽暗的林蔭道中，走入漫漫的春水裡。

國家圖書館出版品預行編目資料

索涅奇卡 / 柳德蜜拉.烏利茨卡婭（Ludmila Ulitskaya）著 ; 熊宗慧譯. -- 初版. -- 臺北市 : 大塊文化, 2007[民96]
面 ; 公分. -- (to ; 43)
譯自 : Sonechka
ISBN 978-986-7059-59-8（平裝）

880.57　　95025527

10550　台北市南京東路四段25號11樓

廣　告　回　信
台灣北區郵政管理局登記證
北台字第10227號

大塊文化出版股份有限公司　收

地址：□□□□□ ＿＿＿市／縣＿＿＿鄉／鎮／市／區

＿＿＿路／街＿＿段＿＿巷＿＿弄＿＿號＿＿樓

大塊 LOCUS 文化

編號：TT043　書名：索涅奇卡

大塊文化 LOCUS 讀者服務卡

謝謝您購買本書！

如果您願意收到大塊最新書訊及特惠電子報：

一 請直接上大塊網站 **locus**publishing.com 加入會員，免去郵寄的麻煩！

一 如果您不方便上網，請填寫下表，亦可不定期收到大塊書訊及特價優惠！
請郵寄或傳眞 +886-2-2545-3927。

一 如果您已是大塊會員，除了變更會員資料外，即不需回函。

一 讀者服務專線：0800-322220；email: locus@locuspublishing.com

姓名：________________________ **性別**：□男 □女

出生日期：______年______月______日 **聯絡電話**：________________

E-mail：____

從何處得知本書：1.□書店 2.□網路 3.□大塊電子報 4.□報紙 5.□雜誌
6.□電視 7.□他人推薦 8.□廣播 9.□其他

您對本書的評價：
（請填代號 1.非常滿意 2.滿意 3.普通 4.不滿意 5.非常不滿意）
書名______ 內容______ 封面設計______ 版面編排______ 紙張質感______

對我們的建議：____

____

____

____

____

LOCUS

LOCUS

LOCUS

LOCUS